神兵利器

신병이기

神兵利器

신병이기

예가음 퓨전 판타지 장편 소설

1

목차

서장   7

제1장 내 집은 내가 지킨다?   25

제2장 메이드 인 차이나   63

제3장 꿈이 아니란 거지!   93

제4장 놀라운지고!   135

제5장 여기가 어디라고요?   161

제6장 망했다!   181

제7장 나 돌아갈래!   207

제8장 날 더러 어쩌라고!   251

제9장 다람쥐처럼   283

서장

덜컹.

빗속에서 비포장도로를 달리던 1톤 트럭이 웅덩이를 밟았는지 한차례 출렁인다.

그 바람에 트럭의 짐칸에 빼곡히 실려 있는 잡화들이 일제히 흔들렸다.

뿐만 아니라 주인에게 자신들의 처지를 말하고 싶은 것인지, 온갖 시끄러운 굉음을 울리며 비명을 내질렀다.

쨍그랑, 채쟁, 챙챙.

1호 사이즈에서부터 8호 사이즈에 이르기까지 빨간 플라스틱 소쿠리조차 서로 부딪히며 달그락거렸다.

한쪽에서는 칸칸이 처진 보관함에 꽂힌 채 손잡이만 드

러내고 있던 수십 자루의 부엌칼들이 들썩거렸다.

가히 움직이는 만물상.

잡화들 위로 드리워진 파란 천막을 때리는 빗줄기들이 리듬을 타고 택중의 귓가로 흘러들고 있었다.

카 오디오에서는 빗속을 뚫고 날아온 라디오 전파가 한 줄기 음악이 되어 그의 심금을 울린다.

향수를 자극하는 구십 년대 가요는 그도 모르게 따라 부르며 흥얼거리게 만들고 있었다.

"사랑이 떠나가~ 네! 또다시 내 곁에서~!"

흥이 오른 택중은 한차례 핸들 가장자리를 두드리며 어깨를 들썩거렸다.

그때 차가 코너를 돌며 휘청거렸다.

동시에 중앙선 너머 마주 달려오던 차 한 대가 경적을 울렸다.

빠아아앙!

"이크!"

깜짝 놀란 택중은 재빨리 브레이크를 밟으며 핸들을 꺾었다.

"휴우!"

한시름 놓게 된 뒤, 이마에 맺힌 땀을 훔쳐 내면서 생각했다.

'이렇게 죽을 순 없지! 히힛! 절대, 네버!'

그렇다.

일 년 전이라면 몰라도 오늘에 이르러 개죽음을 당할 순 없다.

그간 어떻게 살아왔는데, 그래서 끝내 이십여 년간 꾸어 온 꿈을 실현했건만!

십오 년 전, 그가 열 살이 되던 해. 부모님이 사고로 죽고 난 뒤 고아가 된 택중은 온갖 설움과 고통 속에서 살아왔다.

유일한 친척이랍시고 한 명 있는 삼촌의 악랄 무비한 처사로 말미암아 살 집조차 없게 된 택중.

그 바람에 그는 하나밖에 없는 여동생과 고아원에서 저고아원으로 전전하며 성장했다.

그러길 오 년, 그의 여동생은 어느 날 고아원을 찾아온 독지가의 양녀로 들어가게 되었다.

당시 여동생의 나이 여덟 살.

헤어지는 순간까지도 여동생은 울며불며 택중의 손을 놓지 않기 위해 애썼다.

그런 동생에게 택중은 이를 악물며 말했었다.

오빠가 꼭 데리러 갈게.

여동생이 떠나고 난 후, 택중은 마침내 중대한 결심을 하게 된다.

돈을 벌어야 해!

어린 여동생에게 약속은 했지만, 이대로라면 자신에겐
아무런 방도가 없다는 것을 잘 알고 있던 까닭이다.

무일푼인 채로는 여동생을 되찾을 희망 따위 없다는 것
을 깨달았던 것이다.

그렇게 고아원을 뛰쳐나온 택중은 그야말로 안 해 본 일
이 없었다.

세차에서부터 나이트 삐끼까지. 심지어는 중국과 동남아
로 밀항선까지 탔던 그.

하지만 어떠한 경우에도 자존심을 건드리는 일은 하지
않았다.

그것만이 그가 세상에서 쓰러지지 않고 살아갈 수 있는
유일한 버팀목이었으므로.

그리고 십 년이 지나, 택중은 꿈을 이뤘다.

아니, 꿈을 이루기 위한 발판을 마련했다.

"움하하하하하!"

집을 산 것이다.

경기도 양주시에 대지가 무려 오십여 평에 이르는 한옥
집을 마련했으니 드디어 그에게도 진정한 봄이 오려 하고

있었다.

'이제, 녀석만 데려오면 되는 건가?'

하지만, 곧바로 망설여지는 택중이었다.

아직은 이르단 생각이 든 것이다.

그가 알기로 여동생의 양부는 상당한 부자였다.

제법 건실한 중소기업의 사장이었으며, 목동에서 백 평이나 되는 아파트에 살고 있다.

당연히 여동생은 꽤 좋은 사립여고를 다니고 있었고, 이제껏 조금도 고생하지 않고 살아왔다.

한데, 이제 겨우 집 한 채 마련한 그가 동생을 데려와서는 어쩔 것인가.

과연 고생시키지 않고 대학을 보내고, 또 시집을 보낼 수 있을까?

'그래, 조금만 더 고생하자!'

아쉬운 마음이 들었지만, 그래도 희망이 없는 건 아니다.

허름한 한옥 집이라지만, 두 사람이 살 수 있는 집을 샀다는 건 매우 고무적인 일이니까.

물론, 다 쓰러져 가는 집이기에 손볼 데가 한두 군데가 아니었다.

그렇기에 설비 업자를 부른 것이 아닌가.

조금 아깝긴 했지만, 재래식 보일러를 교체하고 주방과 화장실도 고쳤다.

물론 적잖은 돈이 들었다.

그러나 그는 조금도 개의치 않았다.

'훗! 내가 아무리 짠돌이라지만 꼭 써야 할 곳에서조차 돈을 아끼는 머저리는 아니니까.'

거기에 TV와 냉장고 정도는 중고로 샀고, 자신이 혼자 지낼 때는 쓰지 않겠지만, 나중에 여동생이 왔을 때를 대비해 에어컨도 달아 두었다.

더불어 몇 가지 가구도 들였다.

특히 여동생이 지낼 방은 분홍색 벽지에 침대까지 들여 놓았다.

여기까지 정확히 오백칠십삼만 사천 원이 들었지만…….

'괘, 괘…… 괜찮아. 나도 이제 중산층인데, 이 정도 사치는 부려야지 않겠어!'

통장엔 천오백만 원 정도가 남았지만, 그 정도면 여유 자금으로 충분할 터였다.

게다가 훗날 여동생을 데려왔을 때 짜안! 하고 제대로 된 집을 보여 주고 싶은 욕심이 모든 생각을 날려 버렸다.

그리고 그에게는 이 만물 트럭이 있지 않은가.

거기에 수년간 쌓아 온 만물상 주인으로서의 경험이 틀림없이 그를 거부로 만들어 주리라!

"욺하하하하하하하하!"

이제부터 시작이다!

          *   *   *

끼익.

담벼락 안의 마당에 차를 세운 택중은 문을 열고선 거침
없이 뛰어내렸다. 어깨엔 얼마 되지 않는 옷 보따리를 담은
여행용 가방이 메어져 있었다.

나머지 짐들은 트럭에 있었다.

그간 살던 곳이 한 칸짜리 지하 셋방이었기에 모두 옮기
는 데는 혼자서도 충분하리라.

차에서 내린 뒤, 택중은 눈앞에서 위풍당당하게 서 있는
일층 한옥을 감개무량한 눈으로 바라보았다.

물론 집 주위엔 산과 들 외에는 아무것도 없었다.

하지만, 그는 안다.

개발의 바람을 타고, 십 년쯤 지나면 이곳도 상당히 발전
하리라는 것을.

복덕방 아저씨에게 들은 말이라 반신반의하긴 하지만 뭐
어떤가.

까짓 발전 안 돼도 좋다.

내 집이 있다는 것만으로도 흐뭇한 일이니까.

집은 상당히 낡은 외관을 지녔다.

삼십 년은 더 된 듯한 한옥, 기둥으로 쓰인 나무만 번듯

했지 벽은 꽤 부실해 보였다. 한번쯤 개축을 한 것인지 여기저기 시멘트가 덧발라진 게 눈에 띈다.

그럼에도, 참으로 추레한 몰골의 주택이었다. 하지만, 그걸 바라보는 그의 가슴은 벅차기만 하다.

"이게, 내 거란 말이지?"

킥!

입을 틀어막은 손 틈으로 웃음이 절로 새어 나왔다.

그러다가 민망한 기분에 주위를 한차례 둘러본 택중은 아무도 없는 것을 확인한 뒤, 마음 놓고 웃기 시작했다.

잠시 후, 집안으로 들어선 택중은 구석구석을 살펴보았다.

방이 무려 세 칸짜리 집.

게다가 지하도 아니다.

'아! 이제 다시는 물을 퍼내지 않아도 되겠구나!'

비만 오면 하수구가 역류해 밤새 물을 퍼내던 기억들이 떠올라 그는 눈물을 글썽거렸다.

현관문이랄 수 있는 대문 안쪽에는 마당을 중심으로 'ㄷ'자 모양으로 툇마루 위로 방들이 서 있었다.

설비 아저씨가 신경을 많이 써 준 덕에 내부는 번듯해 보였다.

물론 아직까지 문제는 남아 있었다.

이 집을 사고 어젯밤 처음으로 비가 왔을 때였다.

신병이기

지붕 여기저기에서 비가 샜던 것이다!

다행히 마당 쪽만 새고 있었다.

그렇지 않았다면, 새로 한 도배며 장판이며…… 생각만으로도 화가 솟구치는 택중이었다.

어쨌든 그 때문에 또다시 설비 아저씨를 불러 두었다.

어찌 되었든, 아무렴 어떤가.

'이 모든 게 전부 내 껀데!'

다시 한 번 웃음이 터져 나오는 걸 애써 참으며 택중은 안방 문을 열었다.

드르륵.

캬!

미닫이 방문이 열리는 소리가 어쩜 이리 아름다운지.

택중은 콧노래를 흥얼거리며 안으로 들어섰다.

"응?"

이전에 왔을 땐 못 보던 건데? 어제 도배를 하면서 드러난 건가?

벽면에 문이 하나 있었던 것이다.

벽장인가? 아니면…… 다락방?

가방을 내려놓은 택중은 정체를 알 수 없는 문을 열어젖혔다.

"큭!"

형용하기 어려울 만치 역겨운 냄새가 확 풍겨 나왔다.

코를 막으며 계단을 밟고 올라가던 택중은 채 위로 올라가지 않은 채 멈춰 섰다. 그리고 눈살을 찌푸리지 않을 수 없었다.

형체를 알 수 없게 부패한 동물의 사체가 있었던 것이다.

'제길!'

택중은 속으로 욕지거리를 하며 텅 비다시피 한 다락으로 올라갔다.

'응?'

텅 비다시피 한?

눈이 휘둥그레진 택중은 몇 차례 눈을 껌벅이다가 다락 구석으로 기어갔다.

천장이 낮은 곳인지라 생각보다 빨리 기지 못했지만, 그래 봐야 얼마 지나지 않아 그곳에 이를 수 있었다.

덮여 있는 하얀 천을 벗겨 내자, 드러나는 사과 박스.

뭘까 싶어 물끄러미 바라보던 택중은 조심스레 박스를 열어젖혔다.

"……?"

라디오였다.

그것도 아주 오래되어 보이는 라디오.

그 증거로 라디오의 스피커 부분엔 나무로 테두리가 둘러쳐져 있다.

'흠. 이게 혹시 말로만 듣던 빈티지?'

그래도 하단에 선명하게 새겨진 'Made In'이라는 글자들은 보이는데, 그 뒤로는 흐릿해서 알아볼 수가 없다. 메이커도 보이지 않는다.

"거참……!"

게다가 전원 부분도 없다.

제법 무거운 라디오를 두 손으로 들고 여기저기 살펴보았지만 역시나 전원 코드는 보이지 않는다.

혹시 배터리로 켜지는 건가 싶어 몇 번이고 보았지만, 어디에도 배터리를 넣는 곳은 없었다.

딸각.

이리저리 만지작거리던 택중은 무의식중에 파워 버튼으로 보이는 붉은 버튼을 눌렀다.

하지만, 역시나 작동하지 않는다.

"에잇! 고물이잖아!"

신경질적으로 라디오를 박스 안에 던져 넣은 택중은 주저 없이 돌아섰다.

그러곤 다시 기어 나오며 코를 막았다.

아직 치우지 않은 동물의 사체 때문이었다.

"내일 사람들 오면 치워 달라고 하자."

귀찮음이 밀려와서인지 택중은 그대로 다락에서 빠져나왔다.

달칵.

문이 닫히고 난 뒤 사과 박스 안에선……

위이잉.

딸각.

치지, 지지, 직.

라디오에서 이상한 소리가 들려오기 시작했다.

*　　　　*　　　　*

찬물이었지만 아직은 따스한 여름인지라 택중은 콧노래까지 불러 가며 목욕을 했다.

그러고 난 뒤, 만물트럭을 뒤져 부르스타를 꺼낸 뒤 물을 끓였다. 아직은 가스가 들어오지 않으니 하는 수 없다.

컵라면이라도 끓이면 좀 더 간단하겠지만, 감히 컵라면이라니!

택중은 냄비를 사용하는 것조차 귀찮아, 라면 봉지에 물을 붓고 뽀그리를 만들어 저녁을 때웠다.

이어 잠자리에 든 그는 행복한 내일을 꿈꾸며 잠이 들었다.

꿈속에서는 십오 년 전 돌아가신 부모님께서 나와 그의 머리를 쓰다듬어 주었다.

잘했다. 내 새끼.

흑흑. 고생 많았다.

부모님의 칭찬을 들으며 택중은 눈시울을 붉혔다.

그러다 입을 열었다.

"가족을 만들 거예요. 진아도 곱게 키워서 좋은 데 시집 보낼게요. 그리고 엄마, 아빠도 좋아할 만한 여자를 데려올 게요. 그땐……."

울컥.

그때 부모님이 계신다면 얼마나 좋을까.

서러움이 북받쳐 택중은 흐느꼈다.

그러면서 잠에서 깨어났다.

눈물 범벅이 된 얼굴로 자리에서 일어난 택중은 순간 놀라 눈이 휘둥그레졌다.

땅! 따당, 땅당!

밖에서 들려오는 소음 때문이었다.

'벌써 왔나?'

지붕 공사를 위해 인부들이 왔나 싶어, 그는 소매를 들어 눈가를 훔치며 몸을 일으켰다.

그러곤 방문을 열었는데…….

아무도 없다?

'이상하네.'

잘못 들었나 싶어 귀를 쫑긋 세운 택중.

따당, 땅, 땅!

여전히 공사 소리가 들려오지 않는가.

이상하게 생각한 택중은 재빨리 마당으로 나가 대문을 열었다.

"……?"

공사 중이다.

한데, 그의 집을 뜯어고치는 게 아니라, 담벼락 바깥에서 소리가 들려오고 있었다.

까치발을 딛고 담을 넘겨 보는 택중.

꿈이 덜 깬 걸까?

택중은 두 손으로 눈을 비볐다.

하지만 다시 봐도 눈앞에 펼쳐진 광경은 똑같다.

자신의 집에서 한참 떨어진 곳에선 공사가 한창이었다.

대체 언제부터 공사를 한 거란 말인가?

어제만 해도 집 주위는 허허 발판이었거늘.

게다가 저 집들은 또 뭔가?

철근과 콘크리트는 보이지 않고, 온통 나무뿐.

목재로 골조를 세우고 그 사이에 벽돌을 쌓아 올리고 있었다.

게다가 한쪽에 쌓여 있는 것은 기왓장들.

혹시 여기에 사극 세트장이 들어서는 건가?

그의 집을 둘러싼 채 만들어지고 있는 건물들은 사극 드라마에나 나올 법한 모습을 하고 있었던 것이다.

하지만, 어쩐지 익숙지 않다.

그럼에도, 어디선가 본 듯한 모습이란······.

곰곰이 생각에 잠기던 택중은 무릎을 쳤다.

'상해!'

요 몇 년 사이에 보따리 장사를 위해 중국 상해를 넘나들 때 우연히 본 옛날 건축물들이 떠오른 것이다.

'차이나타운을 만들려는 건가?'

그건 그렇다 치고, 저 사람들은 또 뭐지?

일하는 사람들이 전부 이상한 옷들을 입고 있었다.

장포에 두건, 그리고 뾰족한 코가 위로 솟구친 신발들 하며······.

뭐랄까, 역시나 중국 사극에서나 볼법한 옷이랄까.

아무리 생각해도 의아하기만 해서 택중이 고개를 갸웃거릴 때였다.

담벼락 사이로 나 있는 대문이 벌컥 열렸다.

깜짝 놀란 택중이 후다닥 뒤로 물러섰다.

그사이 열린 문 사이로 한 무리의 사내들이 들이닥쳤다.

한데, 그들의 모습이 참신하다 못해 어색하기만 하다.

우락부락한 체구에, 험상궂은 얼굴들이 눈앞에 있었다.

안대를 한 자도 보였고, 심지어는 눈 아래서부터 턱밑에 이르기까지 흉터가 있는 자도 있었다.

머리만 짧게 깎아 놓으면 딱 '깍두기 형님'들이었다.

'깡패……? 한데, 여긴 왜 왔지?'

택중은 조심스레 그들에게 물었다.

"어떻게 오셨나요?"

그런 그를 향해 사내들 중 하나가 앞으로 나서며 비릿한 웃음을 흘렸다.

그러곤 물어 왔다.

"네놈이냐?"

"……?"

"겁대가리 없이 흑사련 총타 한가운데 알박기한 놈이?"

제1장
내 집은 내가 지킨다?

택중은 어이가 없었다.

안 그래도 달라진 주변 풍경 때문에 정신을 차리지 못하
는데 난데없는 이상한 소리를 해 대니 그로서는 어처구니가
없었던 것이다.

얼마나 황당한지 뭐라 대꾸할 말조차 잊었을 정도였다.

하지만, 택중이 누군가.

고난과 역경을 뚫고 여기까지 온 그가 아니던가.

무일푼에서 시작해 집을 살 때까지 택중이 지나온 삶을
설명하는 것은 결코 간단치가 않다.

돈을 버는 일만을 말하는 것만이 아니라, 어린 나이였던
그가 홀로 세상에 맞서서 살아온 그 자체가 쉽지 않았단 얘

기다.

아무 연고도 없는 그가 해외까지 드나들며 보따리 장사를 할 수 있었던 데엔 다 이유가 있는 것이다.

험상궂은 건달들 사이에서 배를 타고 밀입국을 반복할 수 있었던 덴 오직 한 가지.

깡!

마음먹은 건 반드시 이룬다는 신념.

그래서 단 한 푼이라도 주머니에 챙겨 넣겠다는 의지가 이뤄 낸 결과였다.

그런 그이거늘, 어지간한 협박 따위에 굴복할 리가 없지 않은가.

그건 그렇고…….

'이놈들이 왜 중국어를 쓰는 거지? 정말 차이나타운이라도 들어서는 건가?'

그럼, 이놈들이 말로만 듣던 '따거'?

게슴츠레한 눈을 해 보인 택중이 사내들을 훑어갔다.

'어랍쇼? 칼까지 차고 있네? 설마 진짜 아니겠지?'

그때, 텁석부리 거한이 다시 물어 왔다.

"네놈이 알박기 한 놈이냐고 묻지 않느냐!"

상대방이 계속해서 중국어를 하고 있었지만, 다행히 택중이 알아듣는 덴 문제가 없었다.

보따리 장수시절 중국뿐만 아니라 필리핀과 베트남을 오

가며 어깨너머로 배운 덕분에, 읽고 쓰는 건 다소 무리라도 의사소통 정돈 가능했던 것이다.

택중은 정신을 차리며 말했다.

"무슨 말씀이신지 모르겠네요. 혹시 잘못 알고 오신 거 아닐까요?"

그의 질문에 텁석부리에 큰 덩치의 사내가 대소를 터뜨렸다.

"크하하하하하!"

뚝.

웃음을 그친 사내가 비릿한 표정을 지어 보였다.

"정말 겁이 없는 친굴세. 자네, 이름이 뭔가?"

택중은 눈을 껌벅거리다가 답했다.

"고택중인데요."

"그래? 거 이름도 좋은 사람이 왜 그리 뻔뻔스러워? 보게, 친구. 자네가 지금 무슨 짓을 저지른 건지 모르겠나?"

머리통이 떨어져 나가라 고개를 내젓는 택중. 그런 그를 보며 사내가 눈알을 부라렸다.

그러더니 얼굴이 와락 구겨져서는 되물었다.

"자네 같은 친구를 뭐라고 하는 줄 아나?"

또다시 눈만 껌벅거리는 택중.

그런 그를 사내가 사납게 노려보며 윽박질렀다.

"날강도! 그것도 그냥 날강도도 아니고 사기꾼에, 날강도란 말이다!"

말이 끝나기 무섭게 앞으로 튀어나온 사내가 그 큼지막한 손으로 택중의 멱살을 잡아왔다.

"컥컥! 이, 이것 좀 놓고……."

"씨앙! 지금 그런 말이 나와?! 어서 말해!"

"……쿨럭!"

"당장 여길 떠나겠다고!"

끄덕끄덕.

멱살을 잡힌 채 허공으로 끌어 올려진 상태에서도 고개만은 재빨리 끄덕이는 택중.

휙!

거한이 손을 놓기 무섭게 택중이 실 끊어진 연처럼 팔랑거리며 날아가 저만치 나가떨어졌다.

형편없이 나동그라져서 3미터 정도를 굴러간 택중은 숨을 몰아쉬며 연방 기침을 쏟아 냈다.

"콜록콜록!"

그때 그의 귓가로 서슬 퍼런 엄포가 날아들었다.

"한 시진 안에 떠나는 게 좋을 거야! 안 그러면……."

때마침 고개를 돌리다가 텁석부리 사내의 시선과 마주친 택중이 침을 꼴깍 삼키고 말았다.

스윽.

사내의 손가락이 목을 긋는 시늉을 해 보였기 때문.

저벅저벅.

발소리가 울려 퍼지고, 사내가 몰고 온 무리가 마당을 빠져나가는 게 보였다.

"카악, 퉤!"

누군가 가래침을 뱉는 걸 보면서도 택중은 인상조차 쓰지 못했다.

뿐만 아니라, 그들의 모습이 완전히 사라진 뒤에도 그는 일어설 생각조차 할 수 없었다.

그저 그의 머릿속을 울리고 있는 것은 사내가 남기고 간 말들일 뿐이다.

"한 시간 안에…… 떠나라고?"

시진의 개념조차 모르는 그였기에 그저 텁석부리 사내가 말한 것이 한 시간이라고 생각할 수밖에 없었다.

때문에 마음이 급해졌다.

한 시간 안에 무슨 방도든 강구해야 할 터.

'이게 무슨 날벼락이람!'

하지만 아무리 생각해도 마땅히 좋은 수가 떠오르지 않았다.

그저 억울한 마음만 들 뿐이었다.

어쩐지 집값이 싸더라니!

'알박기라고?'

알박기가 뭔가!

택지 개발을 위해 해당 지역의 땅을 사 들일 때, 보상 차원에서 주어지는 이권을 더욱 많이 받기 위해 끝까지 안 나가고 버티는 게 알박기 아닌가.

그가 알기론 알박기는 평범한 사람이 할 수 있는 일이 아니다.

최소한 배짱이 두둑하거나, 건달들밖에 없을 터다.

아니면 죽을 날 받아 놓은 노인네나 할 짓이든가.

그런데 자신더러 알박기를 했다고 하는겨?

택중은 황당함을 넘어 어처구니가 없었다.

절로 한숨이 흘러나왔다.

그러다 불현듯 머릿속에 사람 좋은 웃음을 흘려 보이던 복덕방 아저씨의 얼굴이 떠올랐다.

"젠장!"

그때가 되어서야 화딱지가 난 택중은 욕설을 거듭 토해 냈다.

"젠장! 젠장! 젠장!"

사람 좋은 아저씨인 줄 알았더니만, 이런 식으로 사람 뒤통수를 쳐?!

다시 생각하니 인상 좋던 복덕방 아저씨의 웃음도 음흉스러웠던 같다. 게다가 어딘지 모르게 수상하기도 하고.

벌떡 일어난 택중이 자리를 박차고 뛰어나갔다.

뛰어가면 십 분 거리에 있는 복덕방을 가기 위함이었다.

씩씩거리며 마당을 가로질러 문을 박차고 나아간 택중.
그러나 그는 더 이상 뛰지 못했다.

그 자리에 선 채 석상처럼 몸이 굳은 택중은 눈이 휘둥그
레져서 주위를 바라보았다.

집 주변은 어제처럼 다름없이 흙바닥이었다.

하지만, 그뿐이었다.

오백 미터쯤 떨어진 곳에선 온통 공사판이 이어졌다.

특히 희한하게도 큰길이 자신의 집을 둘러싸고, 빙 돌아
이어지고 있었다.

더욱이 길은 어디서도 본 적 없는 모습이었다.

'대체 여긴 어디냐?'

아스팔트까지는 기대하지도 않는다. 어차피 없었으니까.

하지만 어제 분명히 트럭을 몰며 달려왔던 비포장도로는
온데간데없고, 큼지막한 돌판이 깔려 있다.

뿐인가.

사방천지가 변했다.

어제까진 온통 들판뿐이었는데, 사방이 공사 중이다.

아, 이건 아까 보았으니 그렇다 치고.

문제는 어디가 어딘지 구분이 안 된다는 데 있었다.

'제길! 어디로 가야 하지?'

사방팔방으로 뻗어 있는 돌길은 끝없이 이어지고 있었다.

발끝을 들고 쳐다보아도 새로 만든 길들은 끝날 것 같지

가 않다.

트럭 서너 대는 너끈히 지나갈 만한 큰길 양쪽으로 줄지
어 세워지고 있는 건물들에서 뚱땅거리는 소음만이 들려올
뿐이었다.

털썩.

자리에 주저앉은 택중이 벌린 입을 다물지 못하고 있을
때였다.

"닌 춰다오 나 웨이 쉬 슈이마?"(저사람 누구래?)

"워 쉔메 예 부 춰다오."(나도 모르겠는데.)

어디선가 들려오기 시작하는 중국어.

그러고 보니 아까도……

텁석부리 사내가 지껄이던 말들도 중국어였지.

'정말 차이나타운?'

자고 나니 세상이 바뀐다는 말도 있으니 그럴 수도 있겠
지.

그래도 그렇지, 갑자기 웬 차이나타운이람?

'에이, 아닐 거야! 뜬금없이 그런 일이 생겼으려고? 그
러니…….'

일단 사람들에게 물어보자!

아까 중국말을 지껄인 사람들 말고, 한국 사람에게.

고개를 돌려 자신들 바라보고 있는 사람들을 쳐다보던
택중은 순간 눈을 치떴다.

야릇한 빛깔이 흐르는 옷을 걸친 사내들. 길게 땋은 머리칼을 늘어뜨린 꼬맹이들. 그리고 허벅지가 드러나도록 찢어진 긴 원피스를 걸친 꾸냥들…… 꾸, 꾸냥?

모조리 중국옷을 입고 있었다.

'뭐야, 삼국지냐?'

헛!

'주, 중국인!'

"그럼…… 진짜?"

허파에 바람이 빠지듯 어깨를 무너뜨린 택중은 머릿속이 하얗게 탈색되는 걸 느꼈다.

그 와중에도 그는 끊임없이 노력했다.

오로지 눈앞에 들이닥친 이 어이없는 상황을 개진하기 위해 돌아가지 않는 머리를 회전시키려 부단히 애쓴 것이다.

애쓴 보람이 있는 걸까.

한 가지 사실이 그의 뇌리를 스쳐 갔다.

'정말 차이나타운이 조성되는 거라면…….'

고개를 푹 숙인 채로 있던 택중에게서 기괴한 웃음소리가 들려오기 시작했다.

"킥킥킥……."

그러더니 갑자기 두 팔을 쭉 뻗으며 소리쳤다.

"대박이다!"

차이나타운이 만들어질 예정인 곳에, 그것도 한복판에 집을 샀으니 이보다 더한 대박이 있겠나 싶었던 것이다.

"움하하하하! 심봤다!"

하지만, 기쁨도 잠시.

아까 서슬 퍼런 엄포를 놓고 간 텁석부리 사내의 얼굴이 머릿속에 떠올랐다.

"으갸갸갸!"

택중은 두 손으로 머리통을 붙잡고 힘차게 고개를 흔들고 말았다.

대박이고 나발이고 지금은 그게 문제가 아니다.

일단 당장 눈앞에 닥친 난관부터 해결하고 볼 일이 아닌가.

분명 아까, 그 깡패 같은 덩치는 한 시간 안에 떠나라고 했다.

하지만, 조금도 생각할 것 없이 그는 이 집을 떠나지 못한다.

아니, 그래선 안 된다.

어떠한 일이 있어도 이 집을 포기할 수는 없다.

'어떻게 산 집인데…… 게다가 조금만 버티면 진짜로 인생이 확 펼지도 모르는데…… 절대 포기 못 해!'

그것도 그렇고, 생각해 보니 부아가 치밀었다.

텁석부리 사내를 비롯한 깡패들이 자신을 노려보던 모습

이 떠오르자 화딱지가 뻗쳐 왔다.

"으아아아악!"

돼지 멱따는 듯한 고함을 내지르는 택중을 사람들이 이상하다는 듯 쳐다보았지만, 지금 그딴 게 눈에 들어올 리 없으리라.

적반하장도 유분수지.

누가 누구더러 날강도에 사기꾼이라 한단 말인가.

'내 돈 주고 산, 내 집에서 나가라고?'

이 무슨 황당한 시츄에이션!

울화가 치민 택중이 자리에서 벌떡 일어섰다.

'뭔가 방법이 있을 거야!'

뒤이어 홱 하고 돌아서는 다시금 마당 안으로 들어갔다.

그러곤 매의 눈이 되어 사방을 훑어 나가던 그의 시선이 열린 문 사이로 드러난 마당 한쪽에 고정되었다.

번뜩!

한차례 눈을 빛낸 택중이 만물 트럭을 잡아먹을 듯 노려보며 이를 갈아 댔다.

으득!

어느새 그의 입술이 벌어지며 섬뜩한 음성이 흘러나왔다.

"내 집은 내가 지킨다."

*   *   *

이제 막 다 지은 것인지 깨끗하기 그지없는 건물의 최상층에 두 사람이 서 있었다.

흑사련 내에서 가장 높은 전각인지라, 창을 통해 비쳐 든 광경엔 흑사련의 외성 너머까지 이르러 있었다.

더욱이 공사가 막바지에 이르면서 실로 웅장한 도시 하나가 탄생하기 직전이었기에 그 감격은 이루 말할 수 없었다.

하지만, 두 사람의 얼굴엔 뜻밖의 감정이 어려 있었다.

상기되어 있는 것은 맞았지만, 기쁨이라기보단 놀람이라고 보아야 할 터였다.

아니나 다를까.

검은 옷을 입은 장년인이 입술을 떼었다.

"마침내 진이 걷힌 것인가?"

바로 옆에 서 있던 또 다른 장년인이 말을 받았다.

"예. 올려 드린 보고 대로입니다."

대답을 듣고도 흑의 장년인은 더 이상 아무런 말도 하지 않았다.

대신 한참 동안 창문 밖으로 시선을 던진 채 움직일 줄을 몰랐다.

그러다 불쑥 말했다.

"과연."

"……어찌 그러시는지요?"

"내 평생 중원이 좁다 하고 대륙을 질타했네만, 저와 같이 희한하게 생긴 건물은 본 적이 없군."

"해동에서 저리들 짓는다고 들었습니다."

"허허! 해동? 조선 말인가?"

"예, 우리완 많이 다르다고 하지요."

"특이한 것만은 틀림없군."

"어디 건물만 그렇겠습니까?"

"하긴…… 진을 깨기도 쉽지 않았지. 아니, 우리로선 깰 수 없었다는 표현이 맞으련가?"

대답은 들려오지 않았다.

그러나 그들 두 사람은 알고 있었다.

이곳에 흑사련을 새롭게 세우면서 산을 깎고 들을 메운 것은 아무것도 아니었다.

중원 무림을 양분하는 두 세력 중 일축을 이루는 흑도의 종주가 하는 일이거늘, 그까짓 어려움이야 난관이라고 할 수도 없을 것이다.

한데 공사를 계획하고 만 하루도 지나지 않아서 문제가 터졌다.

일만 사천 평에 이르는 흑사련 내성 건설 예정지, 그것도 딱 한복판에 이상한 기진(奇陣) 하나가 떡하니 있었던 것이다.

아무리 날이 맑아도 유독 그곳만은 짙은 안개가 끼어 있었고, 날고 기는 진법가들조차 뚫고 들어가기는커녕 머리를 싸매고 연구해도 무슨 진인지조차 알아내지 못했다.

기다리다 못한 대주 하나가 진안으로 뛰어들었지만, 거의 곤죽이 다되어 사흘 만에 기어 나왔을 뿐이다.

그 뒤로도 몇 번이나 진을 깨기 위한 시도는 계속되었다.

하지만 이날, 이때까지 기진은 굳건히 서 있을 뿐이었다.

그야말로 알박기!

저 진 때문에 곧게 뻗어 나가야 할 길이 휘고, 가장 중앙에 위치해야 할 중요 건물들이 조금씩 뒤로 물러나고 말았다.

그럴 수밖에.

안개로 뒤덮인 기진의 크기가 무려 천 평이 넘었기 때문이다.

한데 막상 기진이 걷히고 나니 놀랍게도 진 안에 있는 건물은 고작 오십여 평에 불과했던 것이다.

하여간 말 많고 탈 많던 기진은 이제 완전히 사라졌다.

남은 것은 이상하게 생긴 집 한 채가 고작이었다.

그리고…….

"그래, 그자는 어떻다던가?"

"평범한 자라고 합니다."

"무공 수위가 높지 않아 보인다고 했던 게 기억나는군."

"예. 확실히 몰라서 일단 몇 명 보내 보았더니, 칼을 쓸 것도 없었다고 합니다."

"보낸 자가 고수라서 그런 건 아니고?"

"혹시 몰라 고수를 보내긴 했지만⋯⋯."

"누굴 보냈나?"

"탁 대주를 보냈습니다."

"허! 기진을 깨기 위해 세 번이나 뛰어들었던 그 탁 대주?"

"예."

"하필 그를 보낸 이유가 있던가?"

"본인이 자청했습니다."

"쌓인 게 많았던 모양이군. 그건 그렇다 치고, 참으로 뜻밖이군."

"그렇습니다. 기진 안에 머물던 자가 그처럼 무공이 약하리라고는⋯⋯."

"그래서도 설마 아주 맹탕은 아니겠지."

"그래도 상관없을 겁니다. 탁 대주 정도도 이겨 내지 못할 정도라면."

"하기야."

여기가 다른 곳도 아니고, 흑사련 총타임을 감안하면 어지간한 고수라도 견뎌 낼 재간이 없을 터.

물론 그럴 경우 문제는 그자의 배후가 어디겠냐만, 그것도 상관없었다.

지금의 무림은 가히 폭발 직전의 상황.

그 때문에 흑사련은 새로이 총타를 옮겨야 할 지경에 이르러 있었다.

그러니 아무래도 상관없었다.

어차피 놈들과는 조만간 전면전이 벌어지게 될 테니까.

그렇게 생각하면, 그전에 기진이 걷히고 시답잖은 놈을 처리할 수 있게 된 게 다행이랄 수도 있다.

"하면, 어찌할 생각인가?"

"오늘 중으로 쫓아낼 생각입니다."

흑의 장년인이 고개를 돌려 수하를 쳐다보았다.

두 사람의 시선이 얽히길 잠시. 다시 얘기가 이어졌다.

"하나 조심해서 처리토록 하게. 만일에 하나라도 그자가……."

"이미 조사를 마쳤습니다."

다른 사람도 아니고 눈앞의 사내가 하는 말이다.

흑의 장년인은 고개를 끄덕이지 않을 수 없었다.

불과 반나절도 되지 않아, 그자의 신상을 모조리 훑었으리라.

물론 그건 자신도 받아 보았다.

그렇기에 조심스러워하는지도 몰랐다.

'내력을 알 수 없는 자라…….'

하지만 이곳은 무림이다.

다시 말해 무공 일 초식 익히지 않은 자라면, 두려워할 이유가 없었다.

설사 그자가 황제의 핏줄이라고 하더라도.

"그렇군."

고개를 끄덕인 뒤 흑의 장년인이 다시 말했다.

"하면, 이제 내가 머물 곳이 바뀌게 되는 건가?"

"마땅히 그렇게 해야지요."

"기대하겠네."

"실망하실 일은 없을 겁니다."

마침내 두 사람이 마주 본 채 웃었다.

＊　　　＊　　　＊

정확히 한 시간 뒤. 택중은 무서운 눈초리로 대문을 쏘아 보고 있었다.

그러나 그의 굳어진 얼굴과 달리 마당을 딛고선 두 다리는 연신 부들거렸다.

뿐만 아니라 이마에서 송골송골 맺힌 땀방울들이 금방이라도 흘러내릴 기세였다.

그럼에도, 택중은 그 자리에서 움직이지 않았다.

두 눈에 '빡!' 하고 힘을 준 채로.

……．

　……．

　……．

시간은 흘러갔다.

　……．

　……．

　……．

또다시 시간은 흐른다.

　……．

　……．

　……．

부들부들.

택중은 다리가 저렸다.

뿐만 아니다. 얼마 지나지 않아 그의 오른손에선 '자라 표' 스티커가 붙은 빨랫방망이도 바들 떨렸다.

그런데도 대문은 열릴 줄을 몰랐다.

이미 그의 이마는 땀으로 뒤범벅이 된 지 오래였건만, 저 놈의 대문짝은 꼼짝도 하지 않는 것이다.

긴장 때문인가.

방금까지만 해도 굳건하던 다리가 점차 떨려 오고 있었다.

그럼에도, 그는 주저앉지 않았다.

'지능적인 놈들!'

요즘 깡패들은 힘만 센 것이 아니라더니.

얼마 전 보았던 인터넷 뉴스가 떠오르는 택중이었다.

예전과 달리 건달들이 갈수록 지능화되고 기업화되고 있다고 했던가.

그렇다곤 하지만 깡패들도 이젠 국제적으로 노는 건가?

하긴 차이나타운이니 건달들도 중국놈들인 게 당연한 건가?

'치사한 놈들!'

아무리 그래도 그렇지.

겨우 자신 같은 평범한 서민을 대상으로 이런 꼼수를 부리다니.

한 시간 뒤에 오겠다고 말한 뒤, 일부러 시간을 늦춰 나타나는 전략. 자칫 단순해 보이는 전략이지만 몹시도 효과적이지 않은가.

나름 만반의 준비를 하고 잔뜩 긴장한 채 기다리다가 지쳤을 때, 놈들이 들이닥치겠지.

으득!

이를 갈아 대는 택중의 사지에 힘이 들어갔다.

'나 고택중이야!'

그의 두 눈에서는 불꽃이 튀어 올랐다.

동시에 점차 힘이 빠져 가던 온몸에서 원인 모를 기이한 열기가 피어올랐다.

"난 당하지 않아!"

고함을 내지른 택중. 그의 마음속에서 오기가 치밀었다.

이제껏 누구의 도움도 없이 여기까지 온 자신이다.

겨우 이따위 협박에 넘어갈 그가 아닌 것이다.

놈들이 별의별 꼼수를 다 쓴다고 해도, 아니, 이보다 더한 짓을 한다고 해도 그는 자신의 소중한 '집'을 넘겨 줄 생각이 눈곱만큼도 없었다.

이미 택중은 분기탱천한 상태.

게다가 믿는 바도 있다.

택중이 방망이를 들고 있지 않은 빈손을 들어 잠바 앞주머니를 확인했다.

순간 그의 입가에 미소가 어렸다.

주머니 안에는 언제라도 꺼낼 수 있도록 넣어 둔 스탠건이 들어 있었기 때문이다.

언젠가 밤길에 혹시 있을지 모르는 강도를 대비해 사 두었던 놈인데, 잊고서 차 안에 처박아 두었던 걸 기억해 내곤 뒤져서 간신히 찾아내었던 것이다.

그리고 바지 뒷주머니엔 스마트폰도 들어 있었다.

화면을 켜고 통화 버튼만 누르면 곧바로 '112'로 연결되는 상태로 대기 중이었다.

들이닥친 놈들이 자신을 한 대라도 때리는 순간, 그는 통화 버튼을 누를 것이다.

그러곤 버티는 것이다.

경찰들이 올 때까지.

어쩌면 스탠건을 써야 할지도 모른다.

빨랫방망이도 쉴 새 없이 휘둘러야겠지.

나중에 경찰서에 가게 될 땐, 쌍방폭행이 될지도 모르지만, 그건 그때 가서 생각할 참이었다.

붕붕!

어느새 택중의 머릿속에 한편의 드라마에서나 나올 법한 장면들이 떠오르는 순간, 그가 빨랫방망이를 휘둘렀다.

그 탓에 그의 몸이 크게 흔들리며 온몸에서 이질적인 감각들이 느껴졌다.

머리에 뒤집어쓰고 있는 노란 안전모가 앞으로 쏟아지며 시야를 가리고, 옷 속으로 숨긴 채 가슴팍과 배에 덧대 놓은 양철 쟁반들의 차가운 감촉이 전해졌다.

그것만으로도 부족해 언젠가 중국에 밀입국할 때 사 두었던 방탄조끼까지 안쪽에 걸치고 있었다.

뿐인가.

장교용 군화를 신고 있던 택중의 두 발이 마당의 흙을 파고들며 각오를 다지고 있었다.

바로 그때, 문이 열렸다.

삐걱.

'드디어!'

무서운 눈으로 대문을 쏘아보던 택중의 망막에 한 사람
의 모습이 비쳐 들었다.

"헉!"

180센티는 훌쩍 넘길 것 같은 떡대에 우락부락한 근육
질의 사내를 예상하고 있던 택중으로선……

'여, 여자?'

차이나 드레스라고 하던가?

몸에 딱 달라붙는 붉은색 비단옷은 허리 아래 허벅지에
서 갈라져 하얗고 매끈한 다리를 드러내고 있었다.

한 걸음씩 내디딜 때마다 가냘픈 허리가 요염하게 돌아
가고, 쫙 빠진 몸매와 달리 풍만한 가슴이 연방 흔들리는
게 보였다.

게다가 탤런트를 해도 충분할 만큼 예쁜 얼굴이라니.

너무 뜻밖의 상황인지라 택중은 어안이 벙벙했다.

어느새 그의 머릿속에 의심이 솟구쳤다.

'놈들과 한패가 아닌까?'

저렇게 예쁜 여자가 깡패일 리 없어!

확신이 생겨나는 순간이었다.

싱긋.

여자가 맑게 웃었다.

그 모습에 택중 역시 어색한 미소를 베어 무는 순간, 여

인의 신형이 흐릿해졌다.

그리고 이어지는 소리.

철썩!

눈앞에서 번갯불이 튀는가 싶더니 순식간에 돌아간 택중의 턱. 입술이 터지며 핏물이 뿜어졌다.

머릿속이 새하얗게 되고만 택중이 바닥에 곤두박질쳤다.

그런 그의 귓가로 얼음조차 녹일 만큼 부드러운 목소리가 날아들었다.

"당신이 그 사람인가요?"

온몸을 울려 오는 충격에 차마 고개를 들고 있지 못하던 택중은 말문이 막히고 말았다.

난데없이 묻는 말이 당신이냐고?

고통보다도 황당함이 앞선 택중이 고개를 치켜들었다.

"이, 이게 무슨 짓입니까!"

"······."

여자는 대답은 하지 않고 실눈을 한 채 택중을 살피고 있었다.

그러더니 불쑥 물어 왔다.

"당신 이름이?"

"이잇!"

벌떡 일어난 택중이 얼굴이 시뻘게져서 소리쳤다.

"그게 중요합니까! 대낮에 사람을 쳐 놓고서!"

삿대질까지 해 가며 따지고 드는 택중을 여자가 물끄러미 보다가 한마디 했다.

"미안해요."

뜨아!

택중은 할 말을 잃고 말았다.

갑자기 사과를 해 오리라고는 생각지도 못했기 때문이다.

그사이 여자가 다시 말했다.

"아무래도 오해가 있었던가 보네요."

오해?

무슨 오해?

택중이 눈을 껌벅거리고 있을 때 여자의 표정이 변했다.

부드러운 눈매가 찌푸려지며 그를 한심스럽게 바라보고 있었던 것이다.

그리고 들려온 그녀의 중얼거림.

"설마 이 정도도 피하지 못하리라곤……."

"……!"

"총탄 한가운데서 버티고 있다기에 고수인 줄 알았죠."

"고, 고수요?"

택중은 자신의 귀를 의심하지 않을 수 없었다.

저토록 아름다운 여자가 하는 말이라고는 도저히 믿기지 않았던 것이다.

'서, 설마 놈들과 같은 패거리?'

그때 들려온 여자의 음성은 그의 짐작을 확신으로 바꾸어 주기에 부족함이 없었다.

"정말 무림인이 아니었구나."

들릴 듯 말 듯 중얼거린 뒤, 그녀가 물었다.

"그나저나 당신이 알박기했다는 그 사람인 건 맞나요?"

부들부들.

택중이 뒷걸음질 쳤다.

그러면서 필사적으로 생각했다.

금방 전 보여 주었던 저 여자의 움직임. 그리고 지금까지 가시지 않는 통증.

'시, 십 분도 버티기 어렵다!'

그는 잽싸게 손을 뻗어 바지 주머니에서 스마트폰을 꺼냈다.

이어 화면을 켜고 지체 없이 통화 버튼을 눌렀다.

112

화면에 선명히 떠오른 수신자명에 택중이 안도의 한숨을 내쉬는 찰나였다.

—고객님의 전화가 통화권을 이탈하였습니다.

*　　　*　　　*

한편 은설란(銀雪蘭)은 눈앞의 사내가 들고 있는 '이상한 물건'을 향해 눈을 반짝이는 중이었다.

한번도 본 적 없는 물건.

게다가 들려오는 이상한 말들.

지난번 폐관 수련 뒤 내공이 늘면서 넘으며 굳이 애쓰지 않아도 멀리 있는 소리까지 들을 수 있게 된 그녀였기에 스마트폰에서 들려오는 작은 소리를 듣는 것은 그다지 어렵지 않았던 것이다.

다만 그 말들이 생소한 것들이라는 게 문제였을 뿐이다.

'주문인가?'

술사들이 쓴다는 이상한 주문을 머릿속에 떠올린 그녀는 한차례 고개를 갸웃거리는 걸로 모든 잡념을 날려 버렸다.

저 어수룩해 보이는 사내가 들고 있는 게 무엇이든, 일단은 상대를 제압하는 일이 먼저일 거로 생각했던 것이다.

그렇지 않으면 탁 대주를 제치고 여기까지 온 보람이 없으니까.

그녀가 다시 한 걸음 내딛으며 나직이 말했다.

"좋은 게 좋은 거잖아요? 보아하니 닭 잡을 힘조차 없어 보이는데…… 쓸데없는 고집 버리고 여길 떠나세요. 충분하진 않겠지만 적당한 집값을 받을 수 있게 해 줄 테니 그걸로 만족하시고요."

그녀의 말은 사실이었다.

기실 여기로 올 때까지만 해도 그녀는 택중이 무례한 자라고 생각하고 있었다.

고수면 고수답게 자신의 실력으로 명성과 지위를 쟁취할 일이지. 어떻게 알았는지, 흑사련 총타가 건설되는 부지 중 노른자위라 할 수 있는 련주전 앞마당에 기진을 설치한 채 알박기라니!

당연히 처음엔 은거기인이라고 생각했지만, 그것도 아니라고 하고…… 결국 그가 무뢰배일 거라고 여겼건만.

한데 막상 와서 보니 생각했던 것과 달라도 너무 다르다.

무뢰배는커녕 선량한 얼굴 하며 어느 동네에 가든 볼 수 있을 법한 청년 아닌가.

게다가 아까도 느꼈지만, 아무리 살펴봐도 사내에게선 한 점의 내공도 없는 듯했다.

뿐만 아니라 권각술 한 초식 익힌 흔적이 없다.

한마디로 평범하기 그지없는 사내에 불과한 것.

그런 사내를 상대로 무공을 펼치고 싶지 않은 그녀였다.

또한 자신이 하는 말을 들으며 눈을 휘둥그렇게 뜨고 있는 걸 보아 이번 일은 아무래도 무언가 오해로 인해 빚어진 일 같다.

그렇다면 오히려 일이 좀 더 쉽게 풀릴지 모른다.

자신이 상부에 말해서 적당한 집값을 주자고 하고, 그게 받아들여져 집주인에게 돈을 건네면 모두 끝나는 일. 누이 좋고 매부 좋은 일이라 할 수 있었다.

한데 사내의 반응이 심상치 않았다.

후다닥.

뒤로 물러난 사내가 또다시 품 안에서 무언가를 꺼내 들고 있었던 것이다.

뿐만 아니라 그가 고함치고 있었다.

"다, 다가오지 마!"

어느새 떨어뜨리고만 빨랫방망이 대신 양손으로 움켜쥔 스탠건을 앞으로 내밀며 택중이 소리쳤다.

그런 그의 손에서 시선을 떼지 못하는 은설란. 그녀의 아미가 살짝 떨렸다.

'혹시 암기?'

두 사람의 기묘한 대치가 이루어지는 짧은 순간, 말로는 설명하기 어려운 기이한 정적이 마당을 뒤덮었다.

하지만, 그도 잠시뿐.

'그래 봐야, 무공도 익히지 않은 자……'

은설란이 한숨을 내쉬며 고개를 내저었다.

"이봐요. 그게 뭔지는 몰라도 더는 저를 자극하지 말아 줄래요? 이래 봬도 저는 몹시 바쁜 몸이랍니다. 그러니 이쯤에서 끝내고……."

어쩌면 사내가 들고 있는 것이 암기일는지도 모르지만, 그녀는 조금도 신경 쓰지 않았다.

이미 이 년 전이라면 몰라도, 폐관을 마치고 나온 그녀의 무공은 어지간한 암기쯤은 무시해도 좋을 만한 수준에 이르러 있었기 때문이다.

게다가 상대가 무공 한 초식 익히지 않은 자라면야 더할 말이 없었다.

말을 하면서 다시 한걸음 내딛는 그녀였다.

한데…….

빠지지지직!

사내의 손에 들린 물건에서 푸른 불꽃이 튀는 순간 그녀는 움찔하지 않을 수 없었다.

사이한 불꽃!

어느새 걸음조차 멈춘 그녀의 표정이 굳어졌다.

곱기만 하던 아미가 일그러지고, 앙다물고 있던 입술 사이로 흘러나온 음성엔 한기마저 어려 있었다.

"마교에서 보냈나요?"

순간 정적.

하지만 정적은 곧 깨어졌다.

"무, 무슨 말이냐!"

악다구니를 치는 택중의 얼굴을 은설란이 곱지 않은 눈으로 바라보았다.

"믿는 구석이 있었단 얘기군요."

그러고 보니 사내의 행색이 여간 사이(邪異)한 게 아니다.

평범하지 않은 옷들은 그렇다 치고, 머리에 쓰고 있는 누렇고 매끈한 투구와 신고 있는 검고 둔탁해 보이는 신발이 그녀의 생각에 힘을 실어 주고 있었다.

'의외로 고수일지도……'

물론 다른 의미로.

"미안해요."

"……?"

"그대를 무시했던 걸 사과하죠. 그런 뜻에서 이제부터라도 제대로 상대하도록 하죠."

"그, 그런……."

촤라라라락!

어느새 허리춤에서 풀어 낸 가죽 채찍이 허공에서 춤을 추고 있었다.

마치 살아 있기라도 한 듯 연방 쉭쉭거리며 대기를 가르던 채찍은 당황해서 어찌할 줄 모르는 택중을 노리고 벼락처럼 날아들었다.

슈아아아악!

가공할 속도였다.

깜짝 놀란 택중이 본능적으로 허리를 비틀었지만, 절정

고수가 펼친 공격을 피하기엔 무리.

텅!

"커헉!"

"……?"

한차례 택중의 가슴을 때리고 되돌아간 채찍을 말아 쥔 은설란이 두 눈을 치켜뜬 채 택중을 바라보았다. 반면 택중은 허리를 굽힌 채 피를 토하는 중이었다.

"우웩!"

그렇게 택중이 시뻘건 피를 쏟아 내고 있을 때, 은설란은 어이없다는 눈으로 그를 보고 있었다.

'외공을 익힌 고수였단 말인가?'

내공을 담은 것은 아니라지만 한때나마 흑도에서 명성을 떨쳤던 은살첩혈편(銀殺疊血鞭)을 펼쳤건만.

결과는 놀랍기 그지없었다.

삼성에 이르는 자신의 공격을 피하긴커녕 온몸으로 받고도 쓰러지지 않는다?

그 순간 그녀는 깨달았다.

'내가 너무 오만했구나!'

상대가 들고 있는 무기를 보곤, 알려진 것과는 달리 무인은 아닐지라도 무림인임이 틀림없다고 생각했던 그녀다.

그렇기에 제대로 상대하겠노라 직접 말까지 했건만. 실제로는 은연중에 상대를 무시하고 있었던 거다.

'전력을 기울여 상대해야겠어!'

그녀는 채찍의 손잡이를 움켜쥐고 있는 손아귀에 힘을 불어 넣었다.

우우우웅.

그녀의 단전에서 일어난 내공이 노도처럼 밀려와 채찍으로 스며들었다.

그 순간 그녀가 외치며 신형을 쏘아 냈다.

"각오하세요!"

"자, 잠깐!"

"문답무용! 죽엇!"

"히끅!"

한참 동안 피를 게워 낸 뒤 막 고개를 쳐들던 택중은 뜨악한 얼굴이 되고 말았다.

기겁한 표정으로 허둥지둥 물러나던 그가 자신도 모르게 스탠건을 꽉 움켜쥐자,

빠지지지지직!

번개라도 치듯 스탠건의 플러스극에서 마이너스극으로 전류가 흐르며 시퍼런 불꽃을 일으켰다.

· 바로 그때 찬란한 빛을 흩뿌리며 날아든 채찍이 택중의 머리를 노리고 날아들었다.

"으아아악!"

너무나 놀란 택중이 눈을 감으며 스탠건을 쥔 손을 내저

었다.

빠지지지지직!

순간 손을 통해 느껴지는 강렬한 충격.

"끄악!"

뼈를 잘게 부수는 듯한 고통에 스탠건을 놓쳐 버린 택중이었다.

그때 한차례의 일격을 끝으로 채찍을 되감았던 은설란은 황당한 눈이 되어 자신의 애병을 내려다보고 있었다.

불길에 닿은 듯 시커멓게 타 버린 채찍.

'이, 이럴 수가!'

신병까지는 아니더라도 상당히 잘 만들어진 병기가 바로 자신의 교룡신편이거늘.

어지간한 검으로는 잘리지 않을 만큼 질긴 교룡의 심줄을 꼬아 만든 것이 바로 자신의 채찍이 아니던가.

한데 눈에 띄게 손상되는 걸 보자니 도저히 믿기지가 않았던 것이다.

'암기가 아니었더란 말인가?'

하면 강기(罡氣)?

그것도 뇌기를 닮은 극강의 기운.

은설란이 고개를 치켜들었다.

반면 감았던 눈을 뜬 택중의 눈길을 잡아끈 것은 다름 아닌 그녀의 얼굴이었다.

황급히 뒤로 물러난 은설란이 택중을 쏘아보고 있었던 것이다.

그 모습이 '전설의 고향'에서 보았던 구미호의 그것과 겹쳐지자, 택중은 그만 너무 놀라 마른 침을 집어삼켰다.

동시에 그는 자신이 놓쳐 버린 스탠건을 내려다보았다.

완전히 부서진 상태였다.

'제, 젠장!'

택중은 표정을 일그러뜨리며 자리를 박찼다.

타다다다닷!

재빨리 어디론가 뛰어가는 그를 은설란이 그대로 두고만 볼 리 없었다.

스스스스.

신형이 흔들리는가 싶더니 어느새 희미해진 잔영만을 남긴 채 그녀가 다시 나타난 것은 택중의 바로 뒤.

느낌만으로도 자신의 바로 뒤에 그녀가 있다는 걸 알아챈 택중이 만물트럭을 향해 허겁지겁 달려들었다.

그러곤 손에 잡히는 대로 뒤쪽을 향해 물건들을 내던졌다.

우당탕탕!

하지만, 그런 식으로 펼쳐지는 공격이 먹힐 리 만무했다.

은설란은 택중이 던져 내는 이상한 물건들을 피해 허리를 비틀면서 다시금 채찍을 풀어 냈다.

촤라라라락!

이번 일격에 모든 걸 끝내리라 마음먹으며 그녀가 내공을 일으켰다.

쐐액!

가공할 속도로 날아간 채찍이 택중의 가슴을 때렸다.

텅!

예의 이상한 소리가 들리는 순간이었다.

또 다른 소리가 그녀의 귀청을 후벼 팠다.

싹둑!

채찍 끝이 택중의 가슴을 때리기 전, 그에 앞서 휘둘러졌던 택중의 손에서 무언가가 햇빛에 반짝인다 싶었는데…….

쨍그랑!

바닥을 때리는 맑은 쇳소리에 은설란이 시선을 돌리는 사이, 의식을 잃은 택중이 앞으로 고꾸라졌다.

털썩.

그리고 은설란의 입술이 열렸다.

"소…… 도?"

잘려 나간 채찍이 마당 위로 떨어지는 순간, 그녀의 눈동자가 흔들렸고 그 망막 위로 팔뚝만 한 길이의 부엌칼이 비쳤다.

칼날 길이 18센티, 손잡이 길이 5센티, 날 폭이 6센티 정도에 날 모양이 버드나무 잎을 닮은 칼 한 자루가 바닥에 떨어져 있었던 것이다.

'저건…….'

눈가에 스산한 빛을 띠우며 은설란이 중얼거렸다.

"유엽비도!"

칼날 위로 선명하게 새겨진 글자들이 그녀의 시선을 사로잡았다.

Made in CHINA

제2장
메이드 인 차이나

"끄으으으."

신음을 토하며 눈을 떴을 때, 택중은 눈앞이 가물거리는 가운데 낯선 천장을 볼 수 있었다.

'여기가 어디지?'

눈을 똑바로 뜨지 못한 채 미간을 구기는 택중.

멍한 상태에서 잠시 눈알을 돌려보던 그는 이곳이 어딘지 알아차렸다.

방 안.

누런 벽지와 함께 한쪽 귀퉁이가 부서진 형광등이 익숙했다.

'아, 내 집이구나!'

복덕방 아저씨와 함께 처음 이 집을 보러 왔을 때 천장에 물이 새는지 확인하려고 보다가 발견했던 형광등을 기억해 낸 것이다.

정신을 차린 택중이 일순 몸을 일으키려고 할 때였다.

"끄악!"

손목을 통해 전해지는 고통.

뿐만 아니다.

가슴이 뻐근한 것이 숨쉬기조차 힘들었다.

절로 시선이 자신의 가슴으로 향하는 택중.

그의 눈동자에 가득 들어온 것은 맨살을 드러내고 있는 가슴. 그리고 그 위에 누런 헝겊이 붙여져 있었다.

또한, 그곳에서부터 풍겨 난 독한 한약 냄새가 코를 찔렀다.

뜻밖의 상황인지라 택중은 저도 모르게 손을 가져다 댔다.

"크헉!"

그저 살짝 만졌을 뿐인데……!

너무 아파서 눈물을 찔끔한 택중이 다시금 드러누웠을 때, 여인의 음성이 날아들었다.

"괜찮아요?"

깜짝 놀란 택중이 손목의 아픔도 잊고 상체를 벌떡 세웠다.

그러곤 휘둥그레진 눈으로 그녀, 은설란을 발견했다.

뜨악!

자리를 박차며 일어난 택중이 후다닥 뒤로 물러났다.

이때만큼은 고통도 느껴지지 않았다.

눈을 부릅뜨고 그녀를 바라보는 데 집중하는 택중이었다.

그런 그를 은설란이 한차례 바라본 뒤, 고개를 내저었다.

긴 한숨을 내쉬는 그녀를 택중이 마치 악마라도 보는 양
쳐다보았다.

'도, 독한 것! 그렇게 쥐 패고도 내가 깨어나길 기다렸단
말이야!'

인상을 쓰고 있는 택중이 그녀를 노려보다가 방 안 한편
에 널브러져 있는 방탄조끼와 쟁반들, 그리고 안전모를 발
견했다.

'……서, 설마?'

그럴 리는 없겠지만, 그녀가 자신을 치료해 준 것일까?

그가 의심스러운 눈초리로 은설란을 바라보자, 그녀가
천천히 몸을 일으켰다.

놀란 택중은 또 한 번 후다닥 뒤로 물러났다.

'으아아악! 아프다!'

가슴을 쪼개는 듯한 통증에 택중의 표정이 대번에 일그
러졌다.

그때 들려오는 은설란의 목소리.

"다행히 크게 다친 건 아니더군요."

"……다, 당신이 치료해 준 건가요?"

대답은 들려오지 않았다.

대시 고개를 숙이는 은설란이었다.

그러곤 두 손을 모아 말했다.

"미안해요."

"……?"

"제가 착각을 해서 그만……."

이건 또 무슨 소리?

택중의 눈이 가늘어지는 걸 본 은설란이 시선을 돌렸다.

그녀의 눈길을 쫓아 고개를 돌린 택중의 눈에 쟁반들이 보였다.

하지만, 그것만으로는 그녀의 말뜻을 헤아리기 어려웠다.

거기에 더해 다음 순간, 들려온 은설란의 음성은 그를 더욱 혼란스럽게 만들어 주었다.

"틀림없이 당신이 외공을 익혔을 거로 생각했거든요."

"외공?"

택중이 어린 시절 제대로 학교에 다닌 것도 아니고, 덕분에 친구라곤 하나 없는데다가 만화방을 가거나 대여점을 드나든 것도 아니지만, 알건 안다.

비록 지금까지 백수였던 적이 한 번도 없고, 이날 이때껏 한시도 쉬어 본 일이 없는 만성근로 청년이라도 무협 영화나 무협 소설에서나 나오는 용어들을 아주 모르진 않았다.

그도 살면서 한두 번은 무협 영화를 본 적이 있는데다가, 요사이엔 어딜 가나 제법 쓰이고 있는 게 무협 용어이기 때문이다.

내공, 외공, 고수…… 등등.

다만, 익숙지 않아서 잠시 생각했을 뿐이다.

골똘히 생각에 잠겼던 택중이 이윽고 그녀가 말한 외공이 그 외공이란 걸 깨달았다.

하지만, 다음 순간 그는 그게 중요한 게 아니란 것도 알아차렸다.

어찌 되었든 지금 그에게 있어서 그건 그리 큰 문제가 아니었다.

'어째서 날 치료해 준거지?'

의심이 들었다.

실눈을 뜬 채 은설란을 살피고 있는데, 그녀가 또다시 한숨을 푹 쉬더니 물어 왔다.

"당신 정체가 뭐죠?"

"……?"

"마교도인가요?"

"마…… 교?"

이번에도 택중은 그녀의 말뜻을 좀처럼 헤아리기 어려웠다.

느닷없이 정체가 뭐냐니.

사람 놀리는 것도 유분수지.

"그게 뭔데, 자꾸만 마교 마교하는 건데요!"

"아닌가 보군요."

아무렇지도 않게 말하는 은설란.

일순 부아가 치민 그가 콧잔등을 일그러뜨리며 막 소리치려다가 말고 말문을 닫았다.

은설란의 시선이 이미 그에게서 떠나 다른 곳을 보고 있는 걸 발견했기 때문이다.

그녀의 눈길을 쫓아 시선을 던진 택중이 은설란의 손에 이르러 눈을 빛냈다.

'저건……?'

날렵한 모습으로 날카로운 칼날을 세우고 있는 부엌칼.

그걸 무슨 신주 단주 모시듯 두 손으로 받쳐 들고 있는 은설란이었다.

그 눈동자가 연방 흔들리고 있었다.

하지만, 왜?

의아하지 않을 수 없었다.

'미친 건가?'

아무래도 좋다.

그녀가 미쳤든 말든, 저 여자가 위험하다는 것만은 변함없는 사실이니까.

택중은 경계심 가득한 눈으로 그녀를 보았다.

"다, 당신도 그놈들과 한팬가요?"

잔뜩 떨리는 목소리를 감추지 못하고 묻고 있는데, 그녀에게선 대답이 들려오지 않았다.

대신 그녀의 입술 사이에서 긴 한숨이 흘러나왔다.

그러곤 또다시 침묵.

방 안에 기묘한 기운이 감돌았다.

폭발할 듯한 긴장감에 마른침만 삼키던 택중은 더 이상 참지 못하고 말문을 열려던 찰나였다.

"이건 무슨 말이죠?"

그녀가 물었고, 택중이 눈에 힘을 주었다.

은설란이 가리키는 글자를 읽게 된 그가 머뭇거렸다.

'지금 나 놀리는 거 맞지?'

그렇지 않고서야 저 여자가 저렇게 물을 이유가 없지 않은가.

"장난해요?"

그가 따져 물었고, 그녀가 스윽하고 시선을 돌리더니 한참 동안 말없이 그의 얼굴을 쳐다보았다.

"장난……."

"……?"

"같은가요?"

한동안 대답 없이 그녀의 눈을 바라보던 택중이 고개를

내저었다.

진지하기 짝이 없는 눈빛이었기 때문이다.

"메이딘……."

"예?"

"메이드 인 차이나라고요."

잠시 뒤, 그녀가 되물었다.

"그게 무슨 뜻이죠?"

멍한 상태로 은설란을 쳐다보았다.

그걸로도 모자랐던 걸까.

한숨이 절로 나오는 택중이었다.

그런 뒤에야 그는 말문을 열 수 있었다.

"중국제라고요."

"중국?"

"아, 중국 몰라요?"

화가 치민 택중이 버럭 소리더니 돌아섰다.

그러곤 방 안 한쪽에 놓아 둔 보따리에서 무언가를 주섬주섬 꺼내어 바닥에 늘어놓았다.

"자, 봐요! 이것도 중국제. 이것도…… 이것도, 이것도……!"

그가 하는 행동을 말없이 바라보는 은설란이었지만, 그렇다고 달리 무슨 말을 하는 건 아니었다.

눈을 빛내며 택중만 바라볼 뿐이었다.

기어이 택중이 맥 빠진 얼굴로 어깨를 떨어뜨렸다.

"놀리는 것도 정도가 있지. 그러려면 옷이나 그런 거 걸치고 오질 말든가."

그의 말을 들은 것인가.

은설란이 물었다.

"중국이란 것과 제 옷이 무슨 상관이죠?"

결국 한층 답답한 심정이 된 택중이 가슴을 치며 소리쳤다

"답답해 미치겠네! 진짜 몰라서 그래요? 그럼 베이징 올림픽도 모르겠네요!"

"북경?"

그제야 은설란에게서 반응이 오자, 반가운 마음에 택중이 밝게 웃었다.

그러다가 그게 아니라는 듯 인상을 쓰며 고개를 내저었다.

"사람, 그렇게 놀리는 거 아니거든요."

그러나 그녀는 그의 말 따윈 듣고 있지 않았다.

"그럼 그게 다 북경에서 만든 거란 얘긴가요?"

"뭐, 꼭 그런 건 아니지만…… 어쨌든 중국에서 만든 것들인 건 틀림없죠."

어째서 이런 말들을 하고 있는 거지?

택중은 말을 하면서도 지금의 상황이 어처구니없게 여겨

졌다.

방금까지만 해도 무시무시한 기세로 자신을 두들겨 패던 여자에게 중국제 물건들을 늘어놓고 이상한 설명을 하고 있자니 어쩐지 한심스럽게 느껴졌다.

하지만, 그의 직업이 뭔가.

바로 만물상의 주인.

말하다 보니 그만 직업 정신을 발휘하는 그였다.

어떠한 상황이라도 제품에 관심을 보이는 사람이 있다면 절대로 놓치지 않는다는 철저한 직업 정신.

'에라! 일단 팔고 보자!'

택중은 어느새 모든 걸 잊고 제품 설명에 열을 올리기 시작했던 것이다.

"그러니까, 이놈이 비록 요렇게 생기긴 했지만, 기능 하나만은 끝내 준다는 거 아닙니까! 보세요, 시중에 돌아다니는 스위스 물건이 겉보기엔 예쁘게 생겼다지만, 기능 면에서는 오히려 이놈보다 못하다니까요."

심지어는 그녀가 자신을 두들겨 팬 사람이라는 것도 잊고 만 그였다.

이 순간 그의 머릿속은 이미 자신이 들고 있는 제품을 어떻게 하면 팔아 치울 것인가로 꽉 차 있었다.

"어? 못 믿으세요? 그럼 이걸 한 번 보세요. 봐요! 외국에서는 백화점에도 나가는 물건이라니까요. 솔직히 우리나라 사람들이 워낙에 메이커에 약해서 그렇지, 누가 뭐래도 물건은 성능 아닙니까?! 그리고 이런 물건일수록 항상 옆에 두고 애용해야 해요."

지금 그가 설명하고 있는 것은 바로 스위스 V사의 물건을 카피한 다용도 칼. 즉, 일명 맥가이버 칼이라 불리는 물건이었다.

"한마디로 꼭 캠핑에서만 필요한 게 아니라니까요."

"캠핑?"

"그래요, 캠핑. 생각해 보세요. 평상도 마찬가지죠. 칼날 하나만 있는 걸 뭐하러 가지고 다니겠어요. 여기 이 톱으로 썰고, 가위로 자르고, 밥 먹고 난 뒤엔 이 이쑤시개로 이빨 사이도 쑤실 수 있고 또 눈썹을 뽑거나 할 땐 여기 이 족집게로……."

장황하기 짝이 없는 설명들이 늘어졌지만, 은설란은 조금도 지루하지 않은 눈치다.

그녀가 보기에도 신기한 물건이었던 것이다.

어느새 은설란은 자리에 도로 앉아서 그의 얘기에 빠져들고 있었다.

그래서인가.

택중은 이제 조금 전의 상황은 모두 잊은 채, 완전 신나서 설명하고 있었다.

그리고 마침내 그가 모든 얘기를 끝냈을 때였다.

그녀가 물었다.

한데, 여태껏 택중이 열변을 토하며 설명한 물건에 대한 게 아니었다.

자신이 들고 있던 소도(小刀) 한 자루를 내밀며 물어 왔던 것이다.

"그럼 이건 무슨 칼이죠?"

"어? 그거요?"

잠시 실망했던 그였지만, 그녀가 부엌칼에 관심을 보이는 듯하자, 택중은 날카로운 눈빛을 빛냈다.

그러곤 은설란의 바로 옆에 쭈그리고 앉아 손을 뻗었다.

부엌칼을 뒤집더니 칼에 쓰인 글자를 가리키며 말했다.

"중국산이긴 하지만, 고강도의 스테인리스라고요. 천 번을 썰어도 이빨 하나 나가지 않는 고밀도 칼날이라니까요. 자, 보세요."

은설란에게서 칼을 빼앗은 택중이 벽에 박혀 있는 나무 기둥에 칼날을 휘둘렀다.

빡!

한옥 특유의 기둥에 칼날이 파고들었다.

한창 신이 나 있던 택중은 자신이 연방 내려치고 있는 게 자신의 집이라는 것도 잊은 채 기쁜 듯 소리쳤다.

"봤죠? 이 하나 나가지 않는다니까요!"

그러곤 부엌칼을 은설란에게 넘겨 주며 으스댔다.

"아무렴요. 제가 취급하는 물건치고 싸구려 없어요. 근데 그거 아세요? 이런 칼이 가격이 또 얼마나 착한지. 겨우 단돈 만 원이라니! 아, 정말이지, 감격스럽지 않나요?"

"만…… 냥?"

되묻는 은설란의 얼굴에 놀람의 빛이 역력했다.

그러거나 말거나 택중이 기분 좋게 소리쳤다.

"옙! 만 냥 되겠습니다!

"……그거면 이게 제 것이 되는 건가요?"

"흐흐흐, 무슨 소리. 그렇게 말씀하시면 섭하죠."

"……?"

칼을 향해 손을 뻗어 가던 은설란이 흠칫했을 때였다.

택중이 서둘러 움직였다.

"첫 거래인데, 서비스가 없다니 말이 안 되죠. 거기에 이걸 얹어 줄게요. 가만 어디 있더라……."

보따리를 뒤적거리던 택중이 무언가를 꺼내어 그녀에게 내밀었다.

엉겁결에 받아 든 그녀가 고개를 갸웃거렸다.

"무엇이든 갈아 주는 강판 되겠습니다!"

"강…… 판?"

"싫어요? 그럼……."

택중이 도로 빼앗으려는지 손을 뻗어 오자, 그녀가 잽싸게 강판을 등 뒤로 감추며 고개를 내저었다.

당연히 그 손엔 소도 한 자루도 함께였다.

그 모습에 이제 돈만 받으면 된다고 여긴 택중이 만족스럽다는 듯 웃었다.

하지만 아무리 기다려도 그녀가 지갑 꺼낼 생각을 하지 않자, 택중이 눈을 지긋하게 뜨고 고개를 까닥거렸다.

"……?"

"……!"

"……?"

"큼, 이제 돈을 주셔야죠."

"아!"

그제야 은설란이 소매 속에 손을 집어넣더니 한참 동안 꼼지락댔다.

'거참, 별 희한한데다가 지갑을 넣고 다니네. 하긴 무슨 상관. 나야 돈만 받으면 그만이지.'

택중이 어깨를 으쓱거리고 있을 때, 이윽고 은설란이 돈을 건넸다.

"이…… 이게 뭐죠?"

황당한 얼굴이 된 택중이 은설란의 손을 바라보았다. 그녀의 손에는 누런 종이가 들려 있었다.

"일만 냥짜리 전표예요."

"뭔…… 표?"

"전표는 받지 않나요?"

"전…… 표?"

"예. 은하 전장이 보증하는 전표예요. 정히 의심스러우면 확인하셔도 되고요."

기실 그녀쯤 되니까 만 냥이나 되는 전표를 지니고 있는 것이었다.

폐관을 통해 무공 실력을 높이자, 그녀의 부친이 대견하다면서 내어 준 돈이었다.

그걸로 그간 먹지 못한 거 원 없이 사 먹고, 친구들과 놀러 다니라고 했던 것이다.

그러기엔 다소 많은 양이긴 했지만, 애당초 놀 만한 친구도 없는 그녀였기에 쓸 데가 없어서 그냥 가지고만 있던 터였다.

한데 지금 이 순간 꼭 갖고 싶은 물건을 만났으니 그녀로서는 만 냥이라는 큰돈이 조금도 아깝지 않았다.

그녀가 보기에 지금 그녀가 사려는 것은 인연이 닿지 않으면 구하지 못할 신병이기(神兵利器)였기 때문이다.

그 위력은 이미 택중이 정신을 잃고 있었을 때 확인해 보았기에 충분히 알고 있었다.

그리고 그녀가 비록 흑도의 무인이라지만, 신병이기를 강탈하고픈 생각은 없었다.

흑도라면 누구나 그러하듯 '빼앗는다는 행위'에 거리낌을 지니고 있어서가 아니었다.

단지, 이 정도의 신병이기면 정당한 대가를 지급하면 할수록 다른 이들에게 소유권을 강하게 주장할 수 있다는 생각에서였다.

한마디로 '내 돈 주고 산 것이니, 누구도 손가락질할 수 없다.' 라는 논리였다.

신병이기를 지켜 낼 힘만 있으면, 언제까지고 이 물건은 그녀의 것이 될 것이었다.

반면 택중은 어처구니가 없어도 보통 없는 게 아니었다.

'이 여자가 돌았나? 아니면, 정말 날 놀리는 건가?'

어쩌면 자신을 바보로 여기는지도 모른다.

그렇지 않고서야, 이따위 종잇조각을 태연히 내밀곤 당당히 고개를 쳐들고 있더란 말인가.

짜증이 솟구친 택중이 손을 내밀며 단호히 말했다.

"관두세요. 살 생각이 없으면 그냥 가면 되지, 이건 또 뭡니까? 저도 팔 생각 없으니 돌려주세요."

택중의 얘기에 은설란은 당황했다.

그녀로서는 지금의 상황을 이해하려야 이해할 수가 없었던 것이다.

'은자로 달라는 얘기인가?'

하지만 만 냥이나 되는 큰돈을 은자로 가지고 다니는 사람이 어디 있을까?

한 냥이면 4인 가족이 한 달 동안 먹을 수 있는 쌀을 살 수 있는 돈이니, 만 냥이면 어지간한 장원 하나도 살 수 있을 터다.

그 정도의 돈을 지급하는 것이니 전표가 당연하다.

그런데도 사내는 거부하고 있는 것이다.

이해가 가지 않았지만, 그렇다고 여기서 물러설 수도 없었다.

그녀는 잠깐 생각에 잠겼다가 말했다.

"그럼 기다려 줄 수 있나요?"

"뭐를 말인가요?"

"은자로 바꿔 올 때까지 다른 사람에겐 팔지 않겠다고 약조할 수 있느냔 얘기예요."

은설란은 제법 고민해서 한 말이었지만, 택중은 택중대로 지금의 상황을 이해하기 어려웠다.

겨우 돈 만 원이 없어서 기다려 달라고?

택중의 인상이 절로 찌푸려졌다.

"곤란하긴 하지만…… 안 될 것도 없죠."

곤란하긴 개뿔.

원가 이천 원짜릴 만 원에 파는 판국에 기다리지 못할 것도 없지.

게다가 이것과 똑같이 생긴 게 스무 자루도 더 있으니 그녀가 돈을 가져올 때까지 다 팔아 치우는 게 더 어렵겠다.

것보단 그동안 그녀가 변심할까 봐 걱정일 뿐이다.

대게 이런 경우엔 미련은 남지만, 확 끌린 건 아닐 때의 반응인데…….

'차라리 조금 세게 나가 볼까?'

그녀의 얼굴을 힐끔 보다가 그가 고개를 설레설레 내저었다.

"아무래도 안 되겠네요."

그때까지 기쁜 듯 두 볼에 홍조까지 띄우고 있던 은설란이 얼굴을 굳혔다.

그 모습에 택중은 흠칫했지만, 굳게 마음먹으며 고개를 저었다.

"누구든 먼저 사겠다는 사람이 있으면 그냥 팔래요. 그러니까……."

"……?"

"그게 싫으면 담보라도 걸어 놓고 가시든가요."

장사의 기본은 밀당!

이쯤에선 조바심이 들게끔 만들어야만 딴 생각을 못하겠지.

택중은 닳고 닳은 장사꾼처럼 시큰둥한 표정을 지으며 그녀의 손에서 칼을 빼앗아 들곤 자리를 털고 일어났다.

아쉬움이 가득한 눈빛으로 소도에서 눈을 떼지 못하고 있던 은설란이 눈을 감더니 긴 한숨을 내쉬었다.

"할 수 없네요."

그러곤 자신의 목덜미로 손을 가져갔다.

은근슬쩍 곁눈질로 그녀의 행동을 지켜보던 택중이 뜨악한 얼굴이 되고 말았다.

어느새 목걸이를 풀어 낸 은설란.

그녀가 손에 쥐고 있는 붉은 보석으로 만든 목걸이를 내려다보았다.

그러더니 불쑥 내밀며 말했다.

"맡겨 두는 거니까, 잃어버리면 안 돼요."

"걱정 마세요. 제 목숨보다 소중히 할 테니까요."

씨익.

택중이 즐거운 듯 웃으며 말하자, 그녀가 다시금 빼앗듯 그에게서 칼을 가져왔다.

이어 말했다.

"그럼 이제, 이건 제 껀가요?"

끄덕.

목걸이를 유심히 보다가 바지 주머니에 넣으며 택중이 고개를 끄덕였다.

그러다가 눈을 홉뜨고 몸을 떨었다.

우우우웅!

부엌칼이 울고 있었다.

뿐만 아니었다.

은은한 푸른 기운이 칼날을 뒤덮더니 일순 강렬한 빛을

뿜어내며 위쪽으로 솟구쳤던 것이다.

"컥!"

깜짝 놀란 택중이 뒷걸음질 치다가 그만 엉덩방아를 찧고 말았다.

그사이에도 칼날 위로 솟구치던 푸른빛은 어느새 1미터도 넘게 자라 있었다.

'뭐, 뭐야! 무슨 레이저 빔도 아니고……!'

그때 은설란은 얼굴 가득 만족스러운 미소를 짓고 있었다.

'역시!'

지난바 자신의 공력으로는 이 정도의 강기를 만들어 낼 수 없을 터였다.

아니, 그전에 검강을 뿜어낼 수도 없을 게 빤하다.

그런데 지금 칼날 위로 솟구친 검강이란!

이 정도면 만 냥이라도 전혀 비싼 게 아니다.

자신이 얻은 것이 신병이기임을 다시금 확인한 그녀가 기쁜 듯 웃었다.

팟!

한순간 사라진 기운.

눈앞에서 벌어진 기이한 현상에 택중은 눈을 비비며 보고 또 보았다.

하지만, 이미 사라져 버린 검강을 확인할 방도는 없었다.

'잘못 본 게 아니야!'

틀림없다.

방금 보았던 건 착각이 아니다.

택중은 눈을 깜빡거리며 마른 침을 삼켰다.

'너, 너무……'

그녀가 들고 있는 부엌칼에서 눈을 떼지 못하는 그였다.

'싸게 판 거 아닐까?'

*   *   *

탁자를 사이에 두고 두 사람이 앉아 있었다.

은설란이 말했다.

"여기까지가 제가 본 전부예요."

그녀의 말을 듣고 생각에 잠겼던 장년인이 잠시 뒤 고개를 들더니 물었다.

"그러니까 자네 말은 그자가 신기자의 전인일지도 모른다는 얘기인가?"

"예."

"삼백 년 전 십대 기병을 만들어 내는 걸로도 모자라 의술과 진법은 물론 학문에도 뛰어났으며, 심지어는 요리조차 천하제일이었다는 그 신기자 말이지?"

"다른 건 모르지만, 그가 지닌 물건들만 보자면…… 그런 거 같아요."

"그렇게 생각하는 근거라도 있나?"

흑사련 최고의 두뇌라는 천기수사(天機修士) 갈천성(渴泉省)이 물어 오자, 은설란은 잠시 머뭇거리다가 대답했다.

"우선 그자의 출신이에요."

"출신?"

"북경성이라고 하더군요."

"으음……."

신기자가 주로 활동하던 지역이 바로 북경 아니었던가.

그렇다면…….

'정말 그자가 신기자의 전인이란 말인가?'

눈가를 좁히며 턱을 쓰다듬는 갈천성의 귓가로 은설란의 음성이 또다시 날아들었다.

"그리고……."

말끝을 흐리는 대신 품 안에서 한 자루 칼을 꺼내는 그녀였다.

은설란이 꺼내 든 칼을 물끄러미 바라보던 갈천성.

그의 눈에 비친 그것은 아무리 봐도 비도(飛刀)였다.

조금 더 쳐 줘도 소도에 불과했던 것이다.

자연 심드렁한 눈빛이 될 수밖에 없었다.

그게 뭔가? 하는 눈빛으로 그녀의 얼굴을 바라보자, 은설란이 그럴 줄 알았다는 듯 고개를 한 번 끄덕였다.

그러곤 칼을 들어 그 끝을 천장으로 향했다.

우우우우웅!

칼이 우는 순간이었다.

갈천성의 눈이 크게 요동쳤고, 뒤이어 그의 입이 떡 벌어지는가 싶더니 자리에서 벌떡 일어났다.

"자, 자네……!"

그가 아는 한 은설란은 이제 막 일류라 할 수 있는 경지에 발을 들인 무인.

아직은 검강을 발출할 만한 고수가 아니었다.

그런데도 지금 눈앞에서 석 자(약 1미터)가 넘는 검강을 만들어 내고 있는 걸 보자면…….

신병이기!

"그 칼! 어디서 난 건가?!"

"그가 지니고 있던 거예요."

"빼앗은 거란 말인가!"

"아뇨."

"큼, 내가 실수했네."

갈천성이 말투를 바꿨다.

"획득했나?"

"샀어요!"

그녀의 대답에 갈천성은 신음했다.

안타까웠던 것이다.

저 정도의 신병이기를 푼돈으로 샀을 리 만무하니, 이제 누가 뭐래도 저것은 그녀의 소유.

설사 상관인 자신이라 하더라도 함부로 빼앗을 수 없게 되었다는 게 문제다.

'제길, 내가 가는 건데…….'

차라리 그녀가 빼앗아 온 것이라면, 흑도를 위해서라도 내놓으라고 은근히 협박해 보기라도 하련만.

갈천성이 아쉬움이 가득한 얼굴을 하고 있을 때 은설란이 말했다.

"제가 보기에 이 칼은 아무래도……."

꿀꺽.

뭔가 더 놀라운 얘기를 할 것만 같은 느낌에 갈천성의 목젖이 상하로 움직이는 순간이었다.

"천비신도가 아닌가 해요."

"처, 천비신도!"

천비신도(天秘神刀).

신기자가 죽기 직전까지 만들었다는 스물네 자루의 소도가 바로 그것이었다.

일반적인 도검과 달리 짧은 도신을 지니고 있으면서도 내공을 실어 펼치는 순간, 시전자를 절정 고수로 만들어 주는 신병이기.

천비신도야말로 신병이라고 부르기에 부족함이 없는 병

기였던 것이다.

그런 신병이기는 천운이 아니면 얻기는커녕 생전에 한 번 보기조차 어려운 법.

한데 그걸 은설란이 아무런 노력도 없이 얻었다고 생각 하니 자연 마음이 불편해질 수밖에 없는 갈천성이었다.

안 들었으면 모를까, 일단 듣고 나니 더욱 아쉬워졌던 것 이다.

한차례 입맛을 다신 갈천성이 은근슬쩍 물었다.

"얼마에 샀는지 물어도 되겠는가?"

족히 백만 냥은 주지 않았을까 생각하며 묻는 그였다.

한데 들려온 대답은…….

"만 냥 주었어요."

"마, 만 냥!"

뜨악한 얼굴이 된 갈천성. 이내 흙빛이 된 얼굴로 그가 중얼거렸다.

"겨우 그것밖에 주지 않았단 말인가……! 제기랄!"

기어이 욕설을 내뱉고만 그가 번쩍 고개를 들더니 물었 다.

"그자에게 다른 건 없던가?"

"글쎄요. 워낙 많은 물건이 마차 위에 가득 실려 있어 서……."

"가득?"

"예, 가득."

"정말 한가득?"

"예. 한가득."

"끙…… 그렇단 말이지."

잠시 생각에 잠기던 갈천성이 불쑥 손을 내밀었다.

그 모습에 은설란의 낯빛이 하얘졌다.

"달라는 말이 아니네."

"……?"

"잠시 빌려 달란 말일세."

망설이던 은설란이 조심스레 소도를 건넸다.

칼을 받아 든 갈천성이 이내 공력을 일으켰다.

우우우우우우웅!

은설란이 했을 때와는 비교할 수 없는 검명이 방 안을 뒤흔들었다.

이어 천장에 닿을 듯이 솟구치는 검강.

"……!"

"……!"

두 사람의 입이 떡 벌어지고 말았다.

무려 일 장(약 3미터)에 가깝게 솟구친 검강을 보았으니 무슨 말을 할까.

한동안 말을 잇지 못하던 갈천성이 더듬거렸다.

"아무래도 내 손에서 해결할 사안이 아닌 듯하네. 이렇게 하세, 나는 이 길로 련주님을 봬야겠네. 그동안 자네는 지금부터 그자를 감시하도록 하게. 동시에 다른 사람이 그 자의 집에 접근하는 걸 막는 것도 잊지 말게."

당부에 당부를 거듭한 뒤에야 갈천성은 방을 나섰다.

그의 한 손에는 칼집조차 지니지 못한 소도 한 자루가 들려 있었다.

제3장
꿈이 아니란 거지!

그 무렵 택중은 부엌칼 한 자루를 든 채 잡아먹을 듯 쏘아보는 중이었다.

"끄응!"

아무리 생각해도 이해가 안 되는 일이다.

'어떻게 여기서 이따만큼 커다란 레이저가 솟구칠 수 있단 말이지?'

혹시 그 여자…….

설마…….

"제다이?"

택중이 이내 칼을 집어 던지며 소리쳤다.

"으악! 난 미치지 않았어! 미치지 않았다고!"

양손으로 귀를 막고 바닥을 구르던 그는 곧이어 사지를 쭉 펴고 대자로 드러누웠다.

그러곤 힘 풀린 표정으로 중얼거렸다.

"제다이가 아니라면 도대체 뭔데? 혹시 외계인?"

그가 다시 소리쳤다.

"말도 안 돼! 외계인이 그렇게 예쁠 리가 없잖아!"

하지만……

"가만. 굳이 말하면 제다이도 외계인이잖아? 그럼 거기 나오는 공주도 외계인?"

어릴 때 고아원 원장실에 딱 한 대 있던 TV 앞에서 아이들과 함께 보았던 주말의 명화 시간에 보았던 스X워즈는 너무나 재미있어서 그를 들뜨게 했었다.

때문에 아직도 그는 기억하고 있었다.

특히 남자 주인공과 쌍둥이로 나왔던 공주는 아직까지도 잊을 수가 없는 그였다.

"그런 거구나……"

미친 듯 실실 웃음을 흘리던 택중.

그가 순간 눈을 부릅뜨더니 양손으로 자신의 뺨을 때렸다.

짜악!

"영화는 영화일 뿐. 고택중! 정신 차리고 좀 더 현실적으로 생각해 봐!"

자리에서 벌떡 일어난 택중은 바닥에 아무렇게나 떨어져 있는 부엌칼을 집어 들었다.

한참을 쏘아보던 그가 나직하게 말했다.

"사람 쪽이 아니라면……."

스윽.

칼을 머리 위로 번쩍 치켜든 그가 손잡이를 양손으로 움켜쥐었다.

그러곤 힘을 주었다.

그 바람에 얼굴이 시뻘게졌지만, 상관없었다.

'뭔가 있을 거야!'

이걸 판 놈은 베트남 출신의 장사꾼.

놈은 원래 무식하니 몰랐다 치고, 자신도 당연히 싼 맛에 중국산을 사 온 거니 그렇다 치자.

한데 사실은 이게 그냥 칼이 아니다?

하긴 요즘 중국 쪽도 하루가 다르게 기술이 진보하고 있다던데…….

어쩌면 엄청난 신기술이 접목된 물건이 어찌어찌하다가 자신의 손에까지 온 건지도 모르지 않는가.

그리고 사실은…….

그녀는 첩보원이었단 거지.

엄청난 비밀을 알고서 접근한 게 분명하다.

그렇지 않고서야……!

'분명 그 여자는 이렇게 칼을 꽉 쥔 채 힘을 주고……
아니, 이렇게 들었던가? 아니, 요렇겐가?'

부엌칼을 쥐고 이마에 힘줄이 불거지도록 힘을 주던 택
중이었다.

하지만 아무리 시간이 지나도 달라지는 건 아무것도 없
었다.

"아이고, 힘들다!"

결국 그 자리에 철퍼덕 주저앉은 택중이 혀를 내밀고 헥
헥거렸다.

그때 들려오는 익숙한 소리.

꼬르륵.

"우씨, 괜히 힘썼더니 배만 고파졌잖아!"

자리에서 일어난 택중이 보따리를 뒤적거리기 시작했다.

얼마 되지 않은 세간을 옮겨만 놓았을 뿐, 아직 완전히
풀어 놓지 않았던 것이다.

잠시 후 그는 라면 하나를 꺼내어 바닥에 내려놓고는 냄
비에 물을 받아와 부르스타에 얹었다.

그냥 뽀그리를 해 먹어도 되지만, 제대로 끓여 먹기로 결
심한 그였다. 이왕이면 밥도 말아먹을 생각이었다.

'어제 밥을 앉혀 놓길 잘했지.'

보글보글.

물이 끓자, 라면 봉지를 뜯고서 면과 함께 스프를 넣었

다.

삼 분쯤 지나 라면이 익자, 한 젓가락 집어 올리는 찰나였다.

"그건 뭐죠?"

"깜짝이야!"

화들짝 놀란 택중이 고개를 들어 보니, 등 뒤에 은설란이 서 있는 게 아닌가.

하얗고 조막만 한 얼굴이 궁금하단 눈빛을 숨기지 않은 채 내려다보고 있었다.

그녀의 얼굴을 확인한 택중이 아직도 벌렁거리는 가슴을 쓸어내렸다.

'아휴, 놀래라! 왔으면 기척이나 할 것이지……. 그나저나 이젠 별걸 다 물어보네.'

인상을 팍 구겼던 택중이 언제 그랬냐는 듯이 싱긋 웃으며 말했다.

첩보원이고 나발이고, 누가 뭐래도 그녀는 '고객'이었으므로.

"라면이지 뭐겠어요?"

"라…… 면?"

'아놔! 라면 몰라? 라면?'

솟구치는 짜증을 가라앉히며 그가 대꾸했다.

"한 젓가락 드실래요?"

'어디 먹겠다고만 해 봐!'

예의상 해 본 말이다.

생판 모르는 사이에 그럴 리야 없겠지만, 자린고비 저리 가라 할 만큼 절약정신 투철한 택중으로선 한 젓가락도 주기 싫었다.

다행히 그녀는 고개를 끄덕이지 않았다.

그저 물끄러미 바라보기만 하는 그녀에게서 시선을 돌려 라면을 입안에 넣는 택중이었다.

우물우물.

배가 고파서인가 그의 젓가락질은 쉴 새가 없을 만큼 빨랐다.

그때 파고드는 한마디.

"조금만 먹어 봐도 돼요?"

"커헙!"

'제, 젠장!'

놀라서 먹던 면발이 입에서 튀어나올 판이었다.

하지만 재빨리 정신을 수습한 택중이 빠르게 대답했다.

"어? 어떡하죠?! 이거, 국물밖에 남아 있지 않은데?"

말과 동시에 젓가락을 휘휘 저어 냄비에 남아 있던 면발을 말아 올린 그는 빛살보다 빠르게 입안에 처넣었다.

"궁…… 우걱…… 물이라도 드실래…… 우걱우걱… 요?"

'설마 먹겠다고 하진 않겠지?'

국물도 아깝다.

밥 말아 먹어야 하니까.

때문에 대놓고 면발을 모두 건져 먹은 터다.

이 정도 했으면 더럽고 치사해서라도 안 먹겠지.

그녀의 대답은 들을 것도 없었다.

득의 가득한 얼굴로 젓가락을 내려놓으며 막 냄비를 잡아 가는데…….

"……!"

없다.

어느새 사라져 버린 냄비.

눈만 깜박이던 택중이 고개를 쳐들었다.

그리고 혀를 차고 말았다.

은설란이 냄비를 들고 국물을 마시고 있었던 것이다.

"쩝! 그렇게 마시다간……."

'씨앙! 다 처먹어라! 다 처먹어!'

"……체한다니까요."

'밥 말아 먹어야 하는데……!'

부르르.

주먹을 든 손이 벌벌 떨리고 있었다.

하지만 이제 와서 도로 달란 말도 못하겠고.

택중은 그저 입맛만 다실 뿐이었다.

그사이, 은설란이 냄비를 내려놓고 있었다.

이미 냄비 안에는 국물 하나 남아 있지 않았다.

'마, 망할! 뭐, 저런 게 다 있지!'

택중이 비어 버린 냄비를 못마땅한 눈으로 보고 있을 때였다.

"아! 너무 맛있어요! 대체 이건 뭐죠?"

황홀한 표정이 되어 탄성 어린 질문을 하는 은설란. 그녀를 향해 택중이 왈칵 고함쳤다.

"라면이라니까!!"

                    *   *   *

방 안에는 상반된 두 개의 표정이 대립해 있었다.

울긋불긋한 얼굴 하나와 천상의 맛을 보았다는 듯 황홀함에 빠져 있는 얼굴 하나가 서로 바라보고 있었던 것이다.

"근데, 왜 또 온 겁니까!"

묻는 것인지, 따지는 건지.

택중이 말했지만, 그녀는 하나도 듣고 있지 않았다.

오히려 물었을 뿐이다.

"정말 난생처음 먹어 본 맛이에요. 이 요리의 이름이라…… 면이라고 했나요?"

"후우, 그래요. 라면."

이제 자포자기한 걸까?

택중이 어깨를 늘어뜨린 채 대답하기 무섭게 은설란이 되물어 왔다.

"이것도 파는 건가요?"

"못 팔 게 뭐가 있겠어요."

냄비와 부르스타를 정리하며 그가 대답하자, 그녀가 밝은 얼굴이 되어 외쳤다.

"얼만데요?"

뚝.

손동작을 멈추며 택중이 고개를 쳐들었다.

상당히 기분 나쁜 듯한 얼굴을 한 채였다.

"정말 몰라서 묻는 거예요?"

"모르니까 묻죠."

"후우, 그렇다고 해 두죠. 칠백팔십 원이요."

"예?"

"아, 얼마냐면서요."

"지, 지금 치, 칠백팔십 냥이라고 했나요?!"

얼마나 놀랐는지, 말까지 더듬고 있는 그녀를 택중이 이해하지 못하겠다는 눈으로 바라보았다.

"뭘 그렇게 놀라고 그래요. 천 원도 안 되는 걸 가지고."

요즘 껌값도 오백 원은 줘야 하니, 그렇게 따지면 비싸다고 하기도 어렵다.

한데 저렇게 놀랄 건 뭐람.

하지만 그의 생각과는 달리 은설란은 이제 놀라다 못해 완전히 굳어져서 아무런 말도 하지 못하고 있었다.

그도 그럴 것이, 천 냥이면 자신의 봉급을 십 년 동안 모아야 만져 볼 수 있는 돈이었기 때문. 그런 큰돈을 한 끼의 요리에 쏟아붓는다고 생각하니 어안이 벙벙해지고 말았던 것이다.

'하지만……'

이런 맛이라면…….

이 정도로 끝내 주는 맛이라면…….

난생처음 맛보는 이 황홀한 국물 맛이라면…….

"면……."

뭔가 몽롱한 표정을 하고 있던 은설란이 불쑥 말하자, 택중이 저도 모르게 물었다.

"예? 뭐라고 했어요?"

"면……."

"……?"

"면은 또 어떤 맛일까?"

꿀꺽.

그녀의 입안에선 절로 침이 감돌았다.

그런 그녀의 귓가로 택중의 음성이 흘러들었다.

"꼭 라면 한번 못 먹어 본 사람처럼 굴기는……. 면이다 거기서 거기죠. 회사마다 조금씩 달라도 그 면이 그 면이고…… 암튼, 아까 말한 가격은요, 정가가 그렇다는 거고, 마트에서 사면 그보단 싸요. 알고 있겠지만."

"마트?"

"마트까지 가기 싫으면 슈퍼에서 사도 그보다는 싸게 살 수 있어요. 뭐, 편의점만 아니면 굳이 정가를 다 주고 살 필요가……."

택중이 쏟아 내는 말들을 은설란은 반도 알아듣지 못했다.

마트며 슈퍼, 편의점……. 대체 뭐라고 하는 건지.

그러거나 말거나, 부르스타를 정리하고 꺼내 놓았던 즉석밥을 보따리 안으로 도로 집어넣으며 말하고 있던 택중은 그만 말을 그치고 말았다.

어쩌다 쳐다보게 된 은설란의 표정 때문이었다.

'뭐, 뭐냐!'

한 사나흘은 굶은 사람의 표정을 짓고 있는 그녀 아닌가.

황당한 얼굴이 되고만 택중이 툭 하고 고개를 떨어뜨렸다.

뭔가 망설이는 듯하던 그의 입에서 더듬거리는 음성이 흘러나왔다.

아깝다는 기색이 **역력했다.**

"하, 하나 끓여 줘요?"

"……!"

"그럼…… 저도 조금 모자란 감이 있으니, 두 개 끓여서 같이 먹을까요?"

말이 떨어지기 무섭게 고개를 끄덕이는 은설란이었다.

잠시 후, 냄비에 물을 부어 온 택중이 부르스타에 불을 붙였다.

화르륵.

"아!"

은설란이 탄성을 내질렀다.

손뼉이라도 칠 기세였다.

그 모습에 택중이 기가 막힌다는 눈빛을 내던진 후 고개를 내저었다.

'부르스타 처음 보냐?'

냄비를 올리고 얼마 지나지 않아 물이 끓었다.

라면을 넣고 스프를 넣은 뒤, 삼 분이 지나 부르스타를 끈 택중이 그녀에게 젓가락을 건넸다.

"자요."

"끄, 끝난 건가요?"

"뭐가요?"

"요리가 다 된 건가 해서요."

"그럼 뭐가 더……. 흐음, 계란이나 파는 참아 줘요. 넣고 싶어도 이제 막 이사 와서, 보시다시피 빈집이나 다름없으니까.”

고개를 휘휘 돌려 방 안을 보는 모습을 보여 주는 택중.

농 하나가 덩그러니 놓여 있을 뿐, 사람이 사는 흔적이 없는 방이었다.

그러나 은설란은 그 때문에 눈을 동그랗게 뜨고 있는 게 아니었다.

‘세상에! 이렇게 간단하게 만든 요리가…… 그런 맛이 난다니!’

젓가락을 쥔 채 침을 삼키는 그녀를 향해 택중이 당부했다.

“뜨거우니까 천천히 먹어요.”

‘설마 돼지처럼 먹진 않겠지.’

한눈에도 저처럼 가냘픈 몸매의 여자가 그럴 리가 있겠나 싶은 그였다.

그러나 착각이었다.

후루루루루루루루루루루룩!

면발을 건지기 무섭게 흡입하기 시작한 은설란의 모습에 택중은 위기감을 느꼈다.

‘뭐, 뭐야! 지가 무슨 진공 청소기야?’

그는 그녀에게 절대로 질 수 없다는 생각에 바쁘게 젓가락을 놀렸지만, 폐관까지 해서 일류에 오른 고수가 보여 주는 신위는 택중으로선 감히 넘볼 수 있는 게 아니었다.

그로선 겨우 한차례 면발을 건질 수 있었을 뿐이다.

툭!

데구르르.

국물만 남아 버린 냄비 앞에서 택중은 자신의 손에서 젓가락이 떨어지는 것도 알아채지 못했다.

'이, 이, 이런 게 왜 내 눈앞에 있는 거지?'

이제 그에게 있어서 은설란은 더 이상 사람이 아니었다.

단순히 '이런 거' 였을 뿐이다.

더불어 다시는 함께 밥상 앞에 앉아서는 안 될 '이런 거' 였다.

그러거나 말거나, 그녀가 부끄러운 듯 묻고 있었다.

"구……."

"……?"

"국물도 마셔도 될까요?"

홱!

택중의 고개가 번개처럼 돌아갔다.

동시에 터져 나온 외침.

"다 처드세요!"

*   *   *

갈천성으로부터 칼을 받아 든 흑사련주 패도검천(覇刀劍

天) 적무강(赤武强)이 내공을 끌어 올렸다.

오 성.

우우우우우우우웅!

천장에 닿을 듯 솟구치는 검강이었다.

육 성.

우우우우우우우우웅!

기어이 천장을 뚫고 치솟은 검강.

그 모습에 적무강은 눈을 홉뜨지 않을 수 없었다.

마른 침이 절로 삼켜졌다.

'이 정도라니……! 만일 십이 성의 공력을 모두 싣는다
면…….'

흘낏.

거치대 위에 걸려 있는 자신의 애병들을 보는 적무강이
었다.

'신룡도와 휘천검보다 절대로 못하지 않다!'

처음 갈천성이 팔뚝보다 조금 적은 크기의 식칼을 가져
왔을 때만 해도 조금도 눈여겨보지 않았다.

솔직히 이 정도의 신병이라고는 생각지도 못했거늘.

하지만 지금은 얼마나 놀랐는지 눈을 커다랗게 뜨고 입
이 벌어진 줄도 모르고 있는 그였다.

그런 그의 귓가로 더욱 놀라운 얘기가 날아들었다.

"천비신도가 아닌가 합니다."

"처, 천비신도!!"

벌어진 적무강의 턱은 이제 가슴까지 닿을 지경이 되고 말았다.

"그게 정말인가?"

"보셨으니 아시지 않습니까?"

"후우! 하긴, 신기자의 천비신도가 아니면 이런 건 불가능하겠지."

일이 이쯤 되니 욕심이 생겨나는 게 당연지사.

내공을 거둬들인 뒤 적무강이 갈천성의 눈을 들여다보았다.

"이런 걸 잔뜩 가지고 있다고 했나?"

"예, 그녀의 말이니 믿어도 될 겁니다."

"하긴, 그 아이가 실없는 소리를 할 리 없으니…… 하면 어쩐다지?"

"글쎄요. 생각지도 못한 일이라서……."

"그냥 확 빼앗아 버릴까?"

"그것도 나쁘진 않겠지만……."

"왜? 그러면 문제가 있나?"

"그자의 출신이 마음에 걸려서 그럽니다."

"흠, 그도 그렇군. 신기자의 전인이면 예사로운 인물이 아닐 터. 아무런 방비도 없이 왔을 리 없겠지."

"어쩌면……."

갈천성이 말끝을 흐릴 뿐, 더는 아무런 말도 하지 않자, 기다리다 못한 련주가 물었다.

"또 무슨 문제가 있던가?"

"……지금 저희가 이러고 있는 것도 전부 그자의 계산에 들어 있을 겁니다."

"그럴 수도 있겠군."

심상치 않다는 듯, 어두운 얼굴이 된 련주가 되물었다.

"그럼 어쩐다?"

"처음부터 이상한 점이 한둘이 아닌 자입니다."

"또 뭐가 있는데?"

"생각해 보십시오. 우리가 총타를 이곳으로 옮기려고 한 건 극비 중의 극비 아닙니까? 그런데 놈은 어찌 알았는지 우리보다 한 발 앞서서 이곳에 터를 잡고는……."

"알박기를 한 것이지."

"바로 그겁니다! 그런 자가 아무런 계획 없이 우리에게 접근했다고 보기는 어렵습니다."

"혹시 그냥 전부터 거기 살았던 건 아닐까?"

갈천성이 단호하게 고개를 내저었다.

"그런 것 치곤, 너무 젊습니다."

"혹시 말일세. 반로환동……."

"안 그래도 그 점을 검토해 보았습니다만……."

"……."

"은 대주에게 물어 보니, 그자의 이빨이 새하얗다고 하더군요."

"그럼 아니군."

알려진 바론 반로환동을 하게 되면 신체가 재구성된다고 한다.

하지만 이는 경락이 타통 되고 기혈이 맑아져 육과 신이 새로워진다는 것이지, 뼈까지 바뀐다는 건 아니었다.

다시 말해 아무리 반로환동해도 이빨은 예전 그대일 수밖에 없었다.

잠시 생각에 잠기던 련주가 슬쩍 물었다.

"혹시 간자가 아닐까?"

"일 테면, 정도맹의 끄나풀이란 말씀입니까?"

"꼭 그렇다는 건 아니고⋯⋯. 그럼, 그자가 아무런 이유도 없이 그런 짓을 했단 말인가?"

"설마 신기자의 전인씩이나 되는 자가 정도맹의 세작이라고는 보기 어렵습니다."

"생각해 보니 그렇긴 하군. 하면 대체 무슨 이유로 그자가 이곳에 왔단 말인가?"

"그야 알 수 없습죠. 다만⋯⋯."

"⋯⋯?"

"정말 이상한 건⋯⋯ 그자가 이런 신병이기를 아무렇지 않게 팔았다는 겁니다. 그것도 거의 헐값에 말이죠."

"흠, 그렇군. 만 냥이라고 했던가? 싸군."

"싸죠. 싸도 너무 싼 거죠."

"그렇지?"

"이러면 어떨까요?"

"어떻게?"

"일단 그자가 지닌 칼을 몽땅 사들이는 겁니다. 스무 자루가 되었던 이백 자루가 되었든……."

"이백 자루라고 해 봐야 이백만 냥밖에 되지 않는군."

"거의 푼돈이라고 할 수 있죠."

"그렇군. 겨우 이백만 냥에 신룡도와 휘천검 같은 게 이백 자루가 생긴단 말이지? 그거 아주 좋은 생각이군. 크흐흐흐, 자넨 참 좋은 수하일세. 빈말이 아니라니까."

"흐흐흐, 그저 송구할 따름입니다."

"그다음엔 어쩐다지?"

"그다음엔……."

"……?"

"일단 지켜봐야죠. 그러면서 놈의 목적을 알아내는 동시에 뒷배도 캐는 겁니다. 여차하면 그때 가서 목을 베어 버려도 되고, 일이 잘 풀린다면 우리 쪽으로 끌어들여도 되겠죠."

"그게 잘될까?"

"걱정 마십시오! 제 목을 걸겠습니다!"

"큼, 그렇다면야. 하긴, 만일 자네 말대로 된다면 그게 어느 쪽이 되었든 우리로선 부담 가질 일은 없겠군."

"그렇습니다. 그리고 일이 잘 풀려 제 소신의 생각대로 된다면……."

"……내 생각과 같겠지. 아마도……."

속닥거리는 두 사람의 웃음소리가 방 안 가득 흘러넘쳤다.

그러다가 갑자기 웃음이 멈췄다.

련주가 물었다.

"그나저나, 옮기기로 한 내 방은 어찌 되는 거지?"

"……."

아무 말도 못하는 갈천성이었다.

* * *

그날 밤, 택중의 집 다락방에선 이상한 소리가 울리기 시작했다.

위이잉.

딸각.

치지, 지지, 직.

라디오에서 흘러나오던 소리는 십여 분 동안 이어지다가 사라졌다.

"음냐······."

그런 줄도 모르고 깊은 잠에 빠진 채 꿈속에서 헤매고 있는 택중이었다.

*   *   *

다음 날 이른 아침에도 은설란은 택중의 집을 찾았다.

어젯밤 온갖 구박을 받아 가며 밤늦도록 그의 집에 머물렀던 건 절대로! 라면 때문은 아니었다.

하지만 얼큰한 국물에 흰 쌀밥을 말아 먹었을 땐 정말이지······.

'아! 국물이 끝내 주던데!'

그렇지만! 결코, 그 때문에 늦게까지 있다가 돌아간 것은 아니다.

그리고 날이 밝기 무섭게 이렇게 다시 그의 집을 찾은 것 또한 절대로 먹을 걸 탐해서 아니다!

오직 한 가지 이유.

갈천성의 명령에 따라 그를 감시하기 위해서······ 라고 자기 최면을 걸고 있는 은설란이었다.

이미 수하들을 시켜 주위에 다른 이들이 오지 못하도록 적절한 조치도 취해 두었다.

삐걱.

대문은 잠기지 않았는지, 그냥 열렸다.

사박사박.

가벼운 발걸음으로 마당에 들어서던 은설란이 걸음을 멈췄다.

그러곤 고개를 갸웃.

마당 안쪽에 세워져 있던 그 이상한 철마차가 없었던 것이다.

그녀가 전음을 날렸다.

─일호.

당장에 반응이 왔다.

─말씀하십시오, 대주.

─그가 여길 벗어난 적이 있나요?

─아닙니다. 어젯밤부터 지금까지 개미 새끼 한 마리도 이곳을 드나든 적이 없습니다.

잠시 말을 아끼던 은설란이 고개를 끄덕였다.

─그렇군요.

그렇다면 더욱…….

'이상한데……. 설마?'

놀란 표정이 된 은설란이 땅을 박찼다.

쾅!

부숴 버릴 듯 현관문을 열고 집안으로 들어선 그녀는 서둘러 방문을 열어젖히기 시작했다.

우당탕탕.

거칠게 방들을 살피던 그녀가 안마당으로 내려서며 망연자실한 표정을 해 보였다.

"아무도…… 없어?"

휘이이잉.

열린 문 사이로 바람이 불어오고 있었다.

*　　　*　　　*

그 시각 스마트폰이 진동하고 있었다.

우우우웅.

몇 차례 부르르 떨어 댄 뒤, 느닷없이 터진 음성.

오빠 언능 일어나! 아잉~ 언능~!

그 소리에 택중이 눈을 떴다.

스마트폰을 들어 시간을 확인해 보니 벌써 7시다.

그 순간, 또다시 들려오는 알람 소리.

오빠 언능 일어나! 아잉~ 언능~!

택중은 눈살을 찌푸리며 중얼거렸다.

"일어난다, 일어나!"

창문으로 들어오는 햇살에 아침이 되었음을 느낀 그가 상체를 일으켰다.

피곤한 듯 부스스한 얼굴이 되어 일어난 그는 한 손을 뻗어 자신의 어깨를 주물렀다.

그러면서 중얼거렸다.

"에그, 그것들이 또 오면 어쩌지?"

생각만 해도 피곤하다.

절로 인상을 구긴 택중이 몸을 일으켰다.

일을 나가려는 생각에서였다.

'차이나타운이 만들어지든 말든, 일단 일은 해야지.'

안 그래도 어제 하루 쉬는 바람에 일당을 날렸으니, 손해가 이만저만이 아니다.

만물 트럭을 몰고 나갔으면 적어도 오만 원은 벌었을 텐데…….

'이렇게 놀 때가 아니지!'

두 손으로 얼굴을 몇 차례 문대며 정신을 차린 택중이 서두르기 시작했다.

벌써 7시.

슬슬 출근 시간이었기 때문이다.

"아, 밀릴 텐데……!"

재빨리 화장실로 향하던 택중.

때마침 현관문을 두드리는 소리가 들려왔다.

"계세요?"

설마……!

"이것들이 또 왔나?"

짜증어린 얼굴로 현관문으로 다가간 택중이 불만 가득한 음성으로 물었다.

"누구요?"

삐걱.

문을 연 택중이 눈을 깜박였다.

어깨에 PVC관을 말아 걸고, 한 손에 공구통을 든 중년 아저씨가 서 있었던 것이다.

"아! 어제는 아무도 안 계시던데…… 어디 다녀오셨나 보죠?"

"……?"

무슨 말인지 알아듣지 못한 택중은 고개를 갸웃거릴 뿐이었다.

그러다 퍼뜩 떠오른 것이 있어서 자리를 박찼다.

"어이쿠!"

택중이 워낙 거칠게 뛰쳐나가는 바람에, 설비 아저씨가 기겁해서 소리쳤다.

간신히 쓰러지는 걸 면한 그가 현관 밖을 향해 외쳐 물었다.

"어? 어디 가세요? 어딜 고칠 것인지 말해 주셔야죠!"

등 뒤에서 설비 아저씨의 음성이 날아들고 있었지만, 택중은 돌아보지 않았다.

이윽고 마당을 가로질러 대문을 벌컥 열어젖힌 그는⋯⋯.

휘청.

"뭐냐, 이건?"

휑 덩그레한 풍경이 눈앞에 펼쳐져 있었다.

바닥에 깔렸던 돌들도, 땅을 다지며 세우던 목재도, 쌓아 올리던 벽돌들도 사라지고 없었다.

당연히 거의 다 세워져 있던 건물도 보이지 않았다.

뿐만 아니라 일하던 자들도 몽땅 사라졌다.

"꾸⋯⋯ 꿈인가?"

한참 멍한 표정으로 서 있는데, 그의 등 뒤로 설비 아저씨의 음성이 들려왔다.

"무슨 일인데 그러세요?"

확!

바람을 일으키며 돌아선 택중이 소리쳤다.

"아저씨!"

"예?"

"저기 저곳에 있던 건물들은 다 어디 간 거죠?"

"무슨 말씀인지?"

"그러니까요, 저쪽이랑 저쪽에서 짓고 있던…… 에잇! 아저씨! 저 좀 꼬집어 주실래요?"

택중이 자신의 뺨을 내밀며 외치자, 설비 아저씨가 흠칫 놀라 물러섰다.

'혹시 미친 건가?'

설비 아저씨의 눈동자가 흔들리고 있었다.

그러거나 말거나 택중은 물러설 생각이 없는 듯, 더욱 바짝 들이대며 소리쳤다.

"빨리요!"

"저, 정말 꼬집어요?"

"예! 세게요!"

"정말이죠?"

"그렇다니까요! 아주 세게 꼬집어 주세요!"

꿀꺽.

설비 아저씨가 마른 침을 삼키며 손을 뻗었다.

잠시 후 비명이 터졌다.

"으아아아악!"

*　　　*　　　*

"아니, 그게 무슨 말인가? 어제까지만 해도 그 집에 있던 자가 사라졌다니! 틀림없나?"

"몇 번이고 살펴봤어요. 어디에도 없었어요."

"허허! 귀신 곡할 노릇이군. 대체 하늘로 사라진 것도 아니고 땅으로 꺼진 것도 아니고. 무슨 수로……!"

"뿐만 아니에요."

"……?"

"없어진 건 사람만이 아니에요."

"그건 또 무슨 말인가?"

"안에 있던 가구랑…… 그밖에 모든 게 사라졌어요."

"허! 정말 기가 막히는군."

황당하단 표정을 지어 보이던 갈천성이 갑자기 눈을 치켜떴다.

"혹시?"

"……?"

"그자, 신기자의 전인일지도 모른다고 했지 않은가?"

"예, 여러 가지 정황상 그렇게 보인다고 보고 드렸었…… 아! 그렇군요. 혹시 기환진을 설치하거나, 아니면……."

"비밀 통로가 있다?"

"틀림없어요."

갈천성과 은설란은 서로 쳐다보며 심란한 얼굴을 해 보였다.

그동안 두 사람 사이에 침묵이 흐른 것은 당연했다.

잠시 후 그 침묵을 깬 것은 갈천성이었다.

"하면, 어쩐다? 련주님께 보고까지 마쳤는데…….."

"언젠가 다시 돌아오지 않을까요?"

"그렇겠지?"

"그러길 바라야지요."

"흠…… 꼭 그래야 하는데……… 안 그랬다간……."

무의식적으로 자신의 목을 쓰다듬고 마는 갈천성이었다.

그런 갈천성을 은설란이 물끄러미 바라보다가 불쑥 입을
열었다.

"기관 전문가라도 불러서 조사해 볼까요?"

"그게 좋겠네. 당장 수배하도록 하게!"

"예, 곧바로 조치하겠어요."

자리에서 일어서려는 은설란에게 갈천성이 덧붙였다.

"그리고 그자가 돌아오는 즉시 알려 주게."

고개를 끄덕인 은설란이 방을 떠난 뒤, 혼자 남게 된 갈
천성이 한 손으로 자신의 턱을 쓰다듬으며 중얼거렸다.

"신기자의 전인이 틀림없군. 그렇지 않고서야…… 흠,
결과적으로 그를 함부로 대하지 않은 건 좋은 생각이었던
거 같군."

확신에 찬 얼굴로 눈을 번뜩이는 갈천성이었다.

*　　　　*　　　　*

택중은 기가 막혔다.

몇 번이나 꿈인가 생각했지만, 그게 아니란 걸 그는 잘 알았다.

퉁탕퉁탕!

지붕 위쪽에서 설비 아저씨가 지붕을 고치는 소리가 들려왔지만, 택중은 자신의 손바닥 위에 시선을 고정시킨 채 움쩍도 하지 않았다.

손바닥 위에는 붉은빛이 감도는 보석이 매달린 목걸이가 놓여 있었다.

'은설란이라고 했던가?'

그녀가 부엌칼을 가져가며 맡겨 놓은 목걸이.

그게 지금 자신의 손에 있다는 얘기는…….

'꿈이 아니란 거지!'

하면 지금의 이 상황은 뭐지?

하룻밤 만에 모조리 사라져…… 아니, 그쪽에서는 자신이 사라진 걸까?

가만 생각에 잠기던 택중은 갑자기 눈을 빛냈다.

'이거 혹시 차원이동……?'

머릿속에 한 가지 생각이 스쳐 지나갔다.

순간 택중이 머리를 감싸 쥐고 바닥을 굴렀다.

"으악! 내가 지금 무슨 생각을 하는 거야!"

*　　　*　　　*

정신과 전문의 이강원.

진료실에 들어온 지 오 분여 동안 명패만 쳐다보던 택중이 드디어 입을 열었다.

그러면서 책상을 마주한 채 앉아 있던 의사에게 시선을 던지는 택중이었다.

"저, 선생님……."

여전히 머뭇거렸지만, 어렵게나마 말을 이어 가는 그였다.

그런 상황이 익숙하다는 듯 웃음을 잃지 않고 기다리던 중년의 의사가 상체를 앞으로 내밀었다.

마치 무슨 말이든 다 들어 주겠다는 듯한 표정과 함께.

그래서였을까.

택중은 용기를 낼 수 있었다.

"이건 절대로 제, 제 얘긴 아니고 들은 얘긴데요."

"말씀하십시오."

"거, 뭐냐. 칼에서 이따만 한 레이저가 나오고, 사람이 휙휙 날듯이 움직이는 걸 봤다고…… 하하! 그럴 순 없겠죠?"

"흠. 어려운 질문이군요."

"그럴 수도 있다는 건가요!"

잡아먹을 듯 앞으로 튀어나오는 택중.

그 바람에 의사는 겁을 집어먹었는지, 재빨리 상체를 뒤로 젖히며 더듬거렸다.

"지, 진정하십시오."

하지만 소용없었다.

택중은 책상을 덮어 버리기라도 하려는 듯 상체를 기울인 채 눈을 빛낼 따름이었다.

그 눈빛을 대하며 의사가 한차례 침을 삼켰다.

그런 뒤에야 그가 말했다.

"아무래도 그 친구 분께선 영화를 너무 많이 보신 게 아닌가 합니다. 그래서 현실과 상상 속의 세계를 구분하지 못하고……."

결국 기대하던 얘기는 아니었다.

기운이 쏙 빠진 듯 택중이 뒤로 물러서며 중얼거렸다.

"그렇겠죠?"

고개를 숙인 채 입술에 침을 축이던 그가 또다시 기운을 차렸는지 서둘러 물었다.

"그럼, 이런 건요?"

"……?"

"그러니까…… 자고 일어났더니, 집 밖의 풍경이 확 바뀈어 있고, 여기저기 모르는 사람들이 살고 있었다…… 고 하더라구요."

"그것도 친구 분 얘기인가요?"

잠시 망설이던 택중이 고개를 끄덕였다.

그러자, 의사가 손가락을 들어 자신의 관자놀이를 톡톡 건드리며 조심스럽게 말했다.

"그렇게까지 말했다면, 아무래도 중증이군요."

"주, 중증이요?"

"평소 친구 분께선 스트레스가 심했나 보죠?"

"아닌데요?"

스트레스가 웬 말인가?

먹고 살기도 바빠서 원래도 그런 거완 담쌓고 살아온 택 중인데다가, 요사이엔 꿈에 그리던 집까지 산 그가 스트레 스를 받을 까닭이 없지 않은가.

"아니면, 과민한 성격일지도 모릅니다."

"그다지……."

"그건 모르는 겁니다. 본인은커녕 주위 사람들도 눈치채 지 못하는 경우가 허다하니까요. 여하튼, 아까 하신 말씀대 로라면 빠른 시일 안에 치료를 받으셔야 할 것 같군요. 물 론 좀 더 정확한 얘기를 들어야겠지만……."

"아! 정확한 얘기요?"

"그렇습니다. 이왕이면 좀 더 구체적인 얘기가 필

요……."

"그러니까 말이죠. 얼마 전 경기도 양주에 집 한 채를 구입했는데, 인테리어랄까, 집을 고치고 도배 장판을 한 뒤 이사를 갔거든요. 그런데 그날 밤 한숨 자고 나서 일어나니까, 세상이 완전히 달라져 있는 거예요. 뭐랄까, 허허벌판이던 집 밖 풍경이 완전히 달라져서는, 꼭 차이나타운 같은 느낌으로 건물들이 꽉꽉 들어차 있고, 옛날 중국에서나 볼 법한 옷을 입은 사람들이 절 신기하게 보면서……."

"큼, 친구 분 얘기라고 하시지 않았던가요?"

"……."

잠시 침묵이 흐른 뒤, 택중이 소리쳤다.

"암튼! 그게 중요한 게 아니고요! 틀림없이 그런 곳이 있었다니까요! 이건 그냥 그 뭐냐…… 스트레스성 어쩌구 하는 게 아니라 진짜로 본 건데요! 그러니까, 제가 궁금한 건요! 사람이 막 다른 세상으로도 가고 그럴 수 있냐는 겁니다!"

택중의 말이 모두 끝났지만, 의사는 대답하지 않았다.

아니, 오히려 고개를 숙인 채 차트에 뭔가를 긁적이고 있었다.

확 궁금해진 택중이 고개를 빼고 차트 위에 갈겨서 써지는 글자들을 보았다.

하지만, 알아볼 수 없었다.

글씨가 워낙 개발새발인데다가 영문이었기 때문이다.

'대체 뭐라고 쓰는 건지……'

불만이 가득한지 택중이 눈살을 찌푸리고 있을 때였다.

"자, 선생님. 약은 하루 세 번, 아침, 점심, 저녁으로 빼먹지 말고 드셔야 합니다. 그리고 다음 주 다시 한 번 나오시는 거 잊지 마시고요. 아! 그전에, 잠시 일을 쉬고 마음을 편안하게 하고서……"

잠시 후 병원을 나온 택중은 화가 난 듯한 표정으로 뒤를 돌아보며 중얼거렸다.

"씨이! 기껏 비싼 돈 들여서 병원까지 왔더니만!"

결국 미친놈 취급만 당한 거다.

하긴 누군들 믿을까.

자신이 들었어도 같은 반응 아니었을지.

입맛을 쩝쩝거리던 택중이 막 걸음을 내딛다가 눈을 빛냈다.

'아! 그렇지!'

그는 품 안에서 스마트폰을 꺼내 들었다.

그러곤 병원 앞마당에 있는 벤치를 찾아 앉았다.

얼마 후 택중은 스마트폰의 화면을 뚫어져라 쳐다보고 있었다.

국내 포털 중 가장 크다는 사이트에 접속해 있는 중이었다.

그중 한 게시판에 겨우 용기를 내서 물은 것이 오 분쯤 전이었다.

tj1004 : 일어나 보니 세상이 바뀌어 있었어요. 온통 중국 건물들이 가득하고, 중국옷을 입은 사람들이 가득했으며 개중엔 무공을 쓰며 획획 날듯이 움직이는 여자도 있었어요. 당연히 그 사람들 모두 중국어를 썼고요. 이게 뭐죠?

자신이 쓴 글을 한참 동안 들여다보고 있을 때였다.

띠링!
알림음이 울리며 댓글이 달렸다.

sjy1**** : 미친 거 아님? 님 빨리 병원 가 보심이 좋을 듯.

울컥한 택중이 소리쳤다.
"여기가 병원이거든!"
그때 또다시 알림음이 울리며 댓글이 달렸다.

행복하셈~~~~^^ : 낮술 처드셨음? 술깨는 덴 사우나가 최고!

그때부터 댓글이 줄줄이 달리기 시작했다.

대부분은 장난스러운 것들이어서 택중을 화나게 했지만, 하도 많이 달리다 보니 어쩌다 한두 개는 그의 시선을 끄는 것들도 보였다.

만만디야! : 님 짱x영화 넘 보신 듯. 이 기회에 상롱이랑 주송치랑 친구하셈.

최강롯데v7 : 그거 차원 이동 아닌가?

상큼발랄 : 차원 이동이라기보단 공간 이동 같은데요?

최강롯데v7 : 그런가요? 하긴,

└ mini**** : 내 생각엔 타임 슬립 같음.

└ 햇님 : 동감.

└ 상큼발랄 : 그런 것도 같네요. 거기 사람들 복장도 그렇고, 아무래도 단순한 이동이 아니라 과거로 돌아간 거 같군요.

└ 햇님 : 흠. 그러려면, 뭔가 매개체가 있어야 하는 거 아닌가?

└ mini**** : 꼭 그렇진 않죠. 얼마 전 발표된 이론에 따르면 타임 슬립은 단순히 시간 이동만이 아니라 공간 이동도 함께 동반한다고 하거든요. 그러니까, 특정한 범위 안의 공간을 입방체로 잘라서 이동 시킨다고 생각하면 되는데, 이때

필요한 건 그만큼의 이동에 필요한 에너지. 정적한 힘만 있으면
된다고 하더군요.

   ㄴ 최강롯데v7 : 오! 끝내 주는데요!

   ㄴ 지랄X : 미친 넘들~~~~!

   ㄴ mini**** : 님! 말 조심하세여.

그 아래쪽엔 네티즌 간의 치열한 말싸움이 벌어지고 있
었다.

그러거나 말거나, 지금 택중의 눈은 오직 한군데 가 있었
다.

'타임 슬립?'

간단히 말하면 타임머신을 타고 과거나 미래로 간다는
건데……

건물이나 옷으로 보아, 과거로 갔다고 치고…….

'그럼 옛날의 중국으로 갔다는 건가?'

하지만, 어떻게? 아니, 그전에 왜?

그리고 무슨 매개체가 있어야 한다느니, 에너지가 어쩌
고들 하는데…… 그게 다 자신과 무슨 상관인지 도무지 알
수가 없는 택중이었다.

"아우, 머리 아파! 에잇! 관두자!"

자리에서 벌떡 일어난 택중이 한 팔을 휘휘 돌리며 주차
장 쪽으로 돌아섰다.

"보면 알겠지!"

만일 또다시 그곳으로 가게 된다면 그때 확인해 보면 되는 거고, 그게 아니라 다시는 그곳으로 가지 않게 된다면 그걸로 된 거다.

그냥 한바탕 꿈이라도 꾸었다고 생각하면 그뿐인 것이다.

저벅저벅.

주차장에 세워 둔 트럭 쪽으로 걸어가던 택중이 멈칫하더니 섰다.

그러곤 눈을 깜빡거렸다.

"근데, 칼값은?"

아직 은설란에게 부엌칼값을 받지 못한 걸 기억해 낸 그였던 것이다.

하지만 오래지 않아 그는 어깨를 으쓱해 보이며 다시 걸음을 옮기기 시작했다.

"받은 셈 치지 뭐."

주머니 안에 손을 넣어 은설란이 넘겨 주었던 목걸이를 만지작거리는 택중이었다.

*   *   *

그 시각 택중의 집에선…….

치이이이익.

언제부터인지 모르나, 한참동안 지직거리던 라디오가 갑자기 진동했다.

우웅!

그러곤 곧 아무런 소리도 들려오지 않기 시작했다.

다만 한 가지, 소리가 멈추기 전에 라디오의 뒤쪽에서 붉은빛이 뿜어졌다가 사라졌지만 누구 하나 본 사람이 없었다.

제4장
놀라운지고!

"할머니! 박카스는 열 상자만 실어 줘요."

"응? 오늘은 어째서 겻밖에 안 가져가누?"

창고 안에서 머리만 빠끔히 내밀고 물어 오는 최 씨 할머니에게 택중이 웃으며 되물었다.

"그렇게 절 벗겨 먹고 싶어요?"

"자꾸 그렇게 섭한 소리할 겨? 내가 네눔을 얼마나 아끼는데 그딴 소리여?"

"하하하! 그랬어요? 난 또 덤탱이 씌우려는 줄만 알았지 뭐에요?"

"실데없는 소리 하려거든 어여 가! 이눔아!"

"에이, 뭘 또 그렇게…… 좋다! 할머니, 박카스 열 상

자 추가! 그리고 저번에 좋은 거 들어왔다고 하지 않았어
요?"

"아! 그거?"

최 씨 할머니가 하얀 약병 하나를 들고 나왔다.

"이게 오메가3 덩어리여."

딸깍.

거칠고 투박한 손으로 뚜껑을 따더니 은박으로 된 막을
뜯어내는 할머니. 깜짝 놀란 택중이 재빨리 만류했다.

"앗! 새 걸 뜯으면 어떡해요!"

"이놈아! 이렇게라도 안 하면 평생 네놈이 이런 거 먹겠
냐? 옜다!"

"아, 할머니……."

"아, 얼른 받아!"

엉겁결에 연질 캡슐을 받아 드니 할머니가 물 잔을 내밀
었다.

"아침에 한 알씩 거르지 말고 먹어."

"……예."

약을 삼키고 뒤늦게 대답하자, 할머니가 피식 웃더니 이
어 말했다.

"어뗘? 좋아?"

"음…… 그런 거 같아요. 막 힘이 솟는 게……."

딱!

너스레를 떠는 택중의 머리를 가볍게 한 대 쥐어박은 할머니가 살짝 눈을 흘겼다.

"하여간, 허풍은…… 그래, 이제 또 뭐 줄까?"

"일단 오메가 3 한 박스 주시고요. 그리고…….'

그때였다.

최 씨 할머니가 상체를 기울여 택중에게 귓속말을 했다.

"진짜 좋은 것도 들어왔는데, 볼려?"

"진짜 좋은 거요?"

"아, 있잖여? 먹으면 변기도 뚫는다는…….'

"아……!"

대충 알 것 같았다.

비아그라 짝퉁일 게 빤하다.

잠시 고민하던 택중이 물었다.

"약은 10%도 안 들어가 있는 밀가루 덩어리 아니에요?"

"에엥? 내가 언제 그런 거 파는 거 봤남? 아니라니까 그러네! 진짜 100% 짜리라니까! 어떻게? 줄까?"

"흠. 좋아요. 한 상자만 줘 봐요."

"더 줄래도 그것밖에 없다 이눔아."

그 말에 택중은 피식 웃었다.

다른 사람이라면 '앗! 이번엔 진짜구나!' 하겠지만, 어림도 없다.

창고 안에 똑같은 게 수십 상자가 쌓여 있을 게 뻔하단 걸 짐작 못할 그가 아니다.

그럼에도 택중은 군소리 하지 않았다.

적어도 최 씨 할머니가 내주는 물건 중에 나쁜 건 없었기 때문이다.

그렇기에 벌써 오 년째 거래를 이어 오고 있지 않던가.

부릉!

차에 시동을 걸며, 택중이 그녀에게 손을 흔들었다.

"그럼 다음 주에 봐요."

"그려. 또 보제이."

남대문 뒷골목을 떠난 택중이 한 시간 뒤 도착한 곳은 미사리 근방의 허름한 창고였다.

"어이구! 그새 다 팔았어?"

수염이 덥수룩한 아저씨 하나가 뛰쳐나왔다.

"에이, 벌써 닷새나 됐는데 무슨 소리세요."

택중의 대꾸에 강 씨 아저씨는 혀를 내둘렀다.

"하여간! 수완도 좋아! 남들은 한 달 걸려도 다 못 파는 걸 그새 다 팔다니! 아, 그렇게 벌어서 다 어따 쓰려고 그러는 거람?"

"아시잖아요. 이번에 집사느라 여태 번 거 다 들어갔다고요."

"그래그래. 한창 땐데 지금 벌어야지, 암! 그래, 지난번

이랑 똑같이 줄까?"

"꽉 눌러서 채워 주세요!"

"흐흐흐. 들어가서 커피나 마시면서 기다려. 금방 실을 테니까!"

"에이, 그럴 수야 있나요? 같이 실어요."

그로부터 두 시간 뒤, 택중은 지친 몸을 이끌고 집에 도착했다.

끼익.

텅!

택중이 차문을 열고 마당 안에 내려섰다.

"피곤하다. 얼른 씻고 자야겠네."

한 손으로 자신의 어깨를 주물거리며 현관문을 연 택중.

그는 곧바로 화장실로 향했다.

물소리가 나고 한참 뒤, 안방으로 간 그는 이부자리에 들면서 중얼거렸다.

"내일부턴 열심히 일해야지."

그러곤 새로 산 TV를 켰다.

마침 뉴스를 하고 있었다.

어디어디에서 지진이 났다는 얘기가 나오더니, 어느 회사에서 파업을 한다는 둥 세상 소식이 흘러나왔다.

"역시! 사람은 최첨단을 달려야 해! 이봐! 이렇게 앉아서 세상을 전부 볼 수 있잖아! 흐흐흐, 이래서 돈을 벌어야 한다는 거지!"

정말이지 택중은 자기 자신이 그렇게나 대견할 수가 없었다.

하지만 그도 잠시뿐.

"으아아함!"

졸음이 밀려왔다.

때문에 막 리모컨을 들어 TV 전원을 끄려는 참이었다.

"이번에 **출토된 유물은** 중국 명나라 때 건너온 것으로……"

리포터가 상기된 얼굴로 가리키고 있는 것은 벼루였다.

한데, 그저 그런 벼루가 아니었다.

뚜껑이 있었는데, 금박이 입혀진 용 두 마리가 서로 엉킨 채 금방이라도 승천할 듯 생생하게 조각되어 있었던 것이다.

다만 한 가지 아쉬운 것은 오른쪽 용의 앞다리가 부러져 나갔다는 것이었다.

그런데도 어찌나 고급스러워 보이는지, 택중처럼 아무것도 모르는 사람의 눈에도 그저 아름답게만 보였다.

"히야! 진짜 멋지네!"

그 순간, 리포터의 한마디가 택중의 귓속으로 빨려 들어

왔다.

"……이 벼루의 시가는 무려 삼억 원에 이를 것으로 전
문가들은 보고 있습니다."

"헉! 사, 삼억!"

자리에서 벌떡 일어나며 소리친 택중이 끝내 리모컨을
떨어뜨리고 말았다.

그리고 곧이어 그의 입술 사이로 아쉬운 한숨이 흘러나
왔다.

"진짜 중국에 갔다 온 거라면, 저런 거라도 하나 들고
오는 건데……."

입맛을 다시던 택중이 자리에 누우며 애써 마음을 달랬
다.

팟!

TV가 꺼지고 화면이 검게 변한 지 일 분정도 흐르
고…….

드르렁…… 푸우…… 드르렁…… 푸!

어느새 깊은 잠에 빠져들고 만 택중이었다.

*   *   *

우우우웅.

진동이 몇 차례 울린 뒤 알람이 터졌다.

오빠 언능 일어나! 아잉~ 언능~!

코 막힌 소리로 잉잉대는 음성이 두 차례 이어지자, 택중이 눈을 떴다.

"아웅!"

기지개를 켜며 상체를 일으킨 그가 목을 이리저리 움직이며 중얼거렸다.

"어째 피곤하네. 오늘은 그냥 쉴까?"

멍한 눈으로 창가를 향하던 택중은 생각에 잠겼다.

이상한 일이었다.

이보다 더 심하게 움직였어도 이런 일은 없었는데…….

'쓸데없는 생각을 너무 많이 해서 그런가?'

한차례 고개를 갸웃거리던 그는 며칠간 있었던 일들을 하나하나 떠올렸었다.

차이나타운…….

그리고 꾸냥.

모든 건 꿈이었던 건가?

"에잇! 내가 그렇지 뭐. 대박은 무슨!"

팔자에도 없는 대박을 꿈꾸다니.

세상엔 공짜가 없는 법인데…….

'열심히 일해서 벌자! 그게 만빵이지!'

금세 기운을 차린 택중이 자리에서 일어서려 할 때였다.

통! 통! 투웅!

바닥을 울리는 소리.

택중은 갑작스레 들려오는 소리에 자기도 모르게 고개를 돌렸다.

소리는 그가 누워 있는 자리에서 얼마 떨어지지 않은 방바닥에서 들려왔다.

"응? 이게 무슨 소리지?"

고개를 갸웃하는 순간, 방바닥이 푹하고 꺼졌다.

그러더니 장판이 들썩였다.

풀썩풀썩!

이윽고 장판이 뚫리더니 시커멓고 둥근 뭔가 쑥 튀어나오는 게 아닌가!

"헉!"

깜짝 놀란 택중이 후다닥 일어나 뒤로 물러났다.

그와 동시에 바닥을 뚫고 튀어나온 그것은…….

휙 하고 돌아가더니 두 개의 눈이 택중을 보고 있었다.

"……?"

"……?"

"누, 누구세요?"

택중은 묻지 않을 수 없었다.

자신의 집, 안방 방바닥을 뚫고 튀어나온 머리를 향해서.

반면 뜻밖의 장소로 침입해 온 머리통의 주인은 대답할 마음이 없는 듯했다.

그저 택중을 바라보며 눈을 껌벅일 뿐이었다.

그러더니 쏙하고 사라져 버렸다.

"……이봐요!"

택중이 뒤늦게 소리쳤다.

"당신 누구야!"

후다닥 달려간 그가 바닥에 생겨난 구멍 안으로 막 머리를 밀어 넣었을 때, 구멍 안쪽에서 한줄기 외침이 들려왔다.

"드디어 진을 해체했습니다!!"

메아리가 되어 들리는 소리.

멍해진 택중이 이내 눈썹을 꿈틀대더니 이를 바득 갈았다.

"이것들이! 남의 방구들을 뚫어 놓고는 웬 개소리야!"

화가 벌컥 난 택중이 씩씩대며 구멍 안으로 머리를 디밀려는 순간이었다.

불쑥!

다시금 튀어나온 머리통.

한데, 이번엔 익숙한 얼굴 아닌가.

"다, 당신……?"

택중은 기가 찬 얼굴이 되어 말을 잇지 못했다.

그런 그를 향해 은설란이 물었다.

"어머? 여기 있었네요?"

"그게 무슨 말이에요! 아니지, 대체 이게 무슨 짓입니까!"

벌컥 화부터 내는 택중은 안중에도 없다는 듯, 은설란의 머리통이 구멍 속으로 사라졌다.

"엇! 이봐요! 이봐! 이보라구……!"

구멍 안으로 머리를 들이밀며 소리치는 택중.

하지만 은설란은 돌아오지 않았다.

택중의 다급한 음성만이 공허하게 메아리치고 있었다.

그 순간이었다.

불쑥.

또다시 머리통이 구멍에서 솟아오르는 게 아닌가.

당연히 은설란이라고 생각했던 택중이 와락 소리쳤다.

"대체 어딜 갔다가……. 어? 누구세요?"

*　　　*　　　*

딸각딸각.

택중은 부르스타를 점화하기 위해 다이얼을 돌렸다.

그리고 주전자에서 물이 끓기를 기다렸다.

그동안 방 안에선 침묵이 흘렀다.

택중은 질식할 것만 같은 기분에도 상대에게로 시선을 돌리지 못했다.

'총관이라고? 그게 뭐지?'

아! 그게 문제가 아니다.

꿈이 아니었던 건가?

또다시 이상한 곳으로 와 버리다니!

뭐가 어떻게 돌아가는 건지.

'귀신에 홀린 것도 아니고……. 정말 타임 슬립이라도 한 건가? 에이, 설마….'

하지만, 아무리 생각해도 이상하지 않은가.

집도 그대로고, 차도 마당에 있고……

'그치만 그것 말고는 모조리 바뀌었잖아?!'

풍경도 바뀌었고, 심지어는 공기 중에 흐르는 냄새도 다르다.

뭐랄까. 자신이 살던 세상이 아닌 것 같은……

'그, 그럼 정말이란 말이야?'

등을 타고 올라오는 소름.

택중은 진저리를 쳤다.

'아냐! 그럴 리가 없어! 절대 그럴 리가…….'

아직은 인정할 수 없는 택중이었다.

하지만, 바뀌어 버린 환경도 그렇고 눈앞에 있는 사람들
도 그렇고…… 전부 익숙지 않은 모습뿐이니 자꾸만 의심
이 가는 건 어쩔 수 없었다.

만일 그렇다면 어쩌나 싶어 살짝 가슴이 뛰는 그였다.

무엇보다 자신에게 대체 무슨 일이 벌어지고 있는 건지
궁금하기만 했다.

더욱이 저들은 왜 자꾸 자신을 찾아와서 귀찮게 하는 걸
까?

슬그머니 시선을 돌려 두 사람을 힐끔거리는 택중.

그때 마침 은설란 옆에 앉아 있던 중년인이 부르스타를
보며 눈을 반짝이다가 택중과 시선이 마주쳤다.

중년인이 물어 왔다.

"허허! 참으로 신기한 물건이로군."

"아, 예……."

'신기하긴 개뿔!'

택중은 썩은 얼굴이 되어 고개를 끄덕였다.

그리고 바라본 중년인.

그의 눈에 비친 갈천성은 제법 점잖은 모습이다.

그러나 그뿐.

'만일 연기라면 제대로란 건데…….'

정말이다.

저 모습이 아무것도 모르는 척 연기하는 거라면, 그야말

로 아카데미 남우주연상 후보감 아닌가.

그럼 저 여잔 여우주연상인가?

'젠장! 진짜야 뭐야?'

아무래도 현실감이 떨어지는 얘기다.

그러다 보니 택중은 자꾸만 저들이 자신을 놀리는 거라는 생각이 들었다.

아니, 그저 놀리는 게 아니라 뭔가 꿍꿍이가 있어서 속이는 게 아닐까 의심이 들었다.

당연히 한순간도 긴장을 풀지 않았다.

그건 그렇다 치고…….

'대체 이 동네 사람들 옷은 왜 이래? 여기가 중국이라고 쳐! 그래그래, 백 번 양보해서 옛날이라고 치자고. 그렇다고 꼭 저렇게 입어야 하나? 지들이 무슨 황비홍이야?'

지긋한 나이에 걸맞게 옅은 갈색의 장삼을 걸치고 있는 갈천성이었지만, 택중의 눈에는 우스꽝스러울 뿐이었다.

뭐랄까, 어설픈 역사 재현이랄까.

꼭 삼류 드라마의 어이없는 복장처럼 느껴졌다.

그런 면이 더더욱 의심스럽다.

게다가 아무리 여름이라지만 저 깃털 달린 부채는 또 뭐람?

'뭐야! 무당이야?!'

금방이라도 벌떡 일어나 덩실덩실 춤을 추면서 '천지신

명'을 찾을 것만 같았다.

"킥⋯⋯!"

택중은 절로 웃음이 났다.

그때 갈천성은 기묘한 눈빛을 흘리며 택중을 살피고 있었다.

'이상한 옷을 입고 있군. 팔꿈치에서 잘려 나간 상의도 그렇지만, 저렇게 딱 달라붙는 하의라니⋯⋯ 거참, 저래서야 어디 거기가 짓무르지 않을래야 않을 수가⋯⋯ 그리고 머리는 또 뭔가! 장가를 가지 않았으니 상투를 하지 않은 건 알겠지만, 저처럼 싹둑 잘라 버리다니. 흠, 그건 그렇다 치고 왜 저렇게 실실거리는 거지? 혹, 실성한 건가?'

절로 업신여기게 되었다.

하나 겉으로 드러난 것만 가지고 상대를 평가할 그가 아니었다.

'그래도 신기자의 전인쯤 되니 뭔가 있을 터. 어쩌면 저런 행색을 하는 것도 나름의 까닭이 있을지도 모르고⋯⋯'

그렇게 생각하니 조금은 이해가 되었다.

어찌 되었든 평범하지 않다는 것만으로도 믿음이 갔다.

묘한 논리였다.

'설사 신기자의 전인이 아닐지라도 절대 보통 사람은 아니다.'

그가 내린 결론이었다.

이윽고 그가 말문을 열었다.

"보시게. 내 듣기로 그대에게 보도가 잔뜩 있다고 하던데, 한 번 볼 수 있겠나?"

갈천성 특유의 화법이 전개되고 있었다.

대개 원하는 것이 있으면, 운을 떼며 상대의 마음을 헤아린 뒤 그가 원하는 바에 천천히 접근해서 결국 거래를 성사시키는 것이 보통이다.

하지만 갈천성은 달랐다.

이런 경우 그는 곧바로 원하는 바를 언급하곤 했다.

나름 허를 찌르는 수법이었다.

그리고 이게 또 잘 먹혀서 대부분은 당황해서 갈천성의 화법에 말려들어 그가 원하는 대로 휘둘리기 마련이었다.

그러나 그는 몰랐다.

지금 갈천성이 상대하는 자는 바로…….

고택중이다.

"보…… 도?"

말귀를 알아듣지 못한 택중이 되묻자,

'호오! 이놈 보게! 모른 척하겠다는 건가?'

그렇다면 상대를 잘못 골랐다.

갈천성이 입가에 메마른 미소를 지으며 다시 물었다.

"천비신도말이네!"

"천…… 비…… 뭐라구요?"

'끝까지 잡아떼겠단 말이렷다?'

갈천성이 눈가를 좁혔다가 이내 온화한 미소를 머금으며 말했다.

'이런 자들을 다루는 방법은 따로 있지!'

"허허허! 칼 말일세. 은 대주에게 들으니 한 자루에 만 냥이라고 하던데, 아닌가?"

"아, 칼이요? 부엌칼을 말씀하시는 거라면 있어요. 근데, 은 대주라뇨?"

"저예요."

은설란이 끼어들었다.

택중은 고개를 끄덕였다.

그때였다.

한참 끓고 있는지 달그락거리던 주전자가 잠잠해졌다.

부르스타의 불이 꺼져 버린 것이다.

"잠깐만요."

딸각.

부르스타를 만지작거리는 택중.

그의 행동이 답답했는지 갈천성이 따져 물었다.

"아니, 물을 끓이다 말고 왜 그러나?"

"아, 가스가 떨어져서요."

"가…… 스?"

갈천성이 머리 위로 물음표를 띄우고 있을 때, 택중은 가스를 바꾸었다.

다시 물을 끓이기 시작하고, 택중은 맥가이버 칼을 꺼내더니 부탄가스통에 구멍을 내려 하는 게 아닌가.

"그건 또 왜 그러는 건가?"

"아, 몰라 물어요? 이렇게 구멍을 내지 않고 버리면 폭발하잖아요."

"폭발! 서, 설마…… 이게 벽력탄처럼 터진단 말인가?"

"벽력탄은 모르겠고, 잘못하면 터지는 건 맞아요. 뉴스도 못 봤어요? 놀러 가서 즐겁게 고기 구워 먹다가 터져서 일가족이 중상을 입었다거나, 혼자 살던 기러기 아빠가 부르스타 잘못 만져서 집이 날아갔다는 얘기. 심심치 않게 나오잖아요."

"……!"

"……!"

듣도 보도 못한 얘기에 갈천성과 은설란은 눈이 휘둥그레졌다.

이미 그들의 머릿속에서 천비신도 얘긴 자취를 감춘 지 오래.

칼도 칼이지만, 부탄가스 얘기도 그만큼 놀라웠던 것이다.

그런 그들을 보다가 택중이 갑자기 눈을 빛내며 어깨를

늘어뜨렸다.

'에휴! 내가 말을 말지.'

저런 식으로 나오는 걸 봐선 진짜 같기도 하지만, 그 점이 택중을 더더욱 의심하게끔 만들고 있었다.

그가 살아온 인생 속에서 만났던 수많은 사기꾼들이 딱 저랬으니까.

아닌 척! 모르는 척! 순진한 척! 사람 좋은 척!

그런 자들치고 뒤통수치지 않는 자들이 없었다.

택중도 몇 번을 당했는지 모른다.

그러다보니 아직 젊은 나이임에도 사람을 잘 믿지 못하는 그였다.

그래서인가.

저들이 완벽하게 굴수록 갈수록 의심은 짙어만 간다.

이러한 의심을 완전히 걷어 낼 수 있는 것은 오직 하나뿐이다.

증거!

그 증거를 보기 전에는 절대로 믿지 않을 생각이었다.

그리고 그전에 택중의 마음속 깊은 곳에선 이미 저들은 사기꾼에 불과했던 것이다.

'차이나타운은 개뿔!'

땅값이 오르고 어쩌고 하는 건……

개꿈에 불과하단 거지.

진짜로 여기가 옛날의 중국이든 아니든, 어느 쪽이 되었든 간에 차이나타운의 건설붐을 타고 졸부가 될지도 모른다는 꿈 따윈 저 멀리 달아난 셈.

생각이 여기까지 미치자, 택중은 맥이 빠지고 말았다.

그것이 시간이 지날수록 점차 짜증으로 바뀌고 있었다.

그렇게 택중이 눈살을 찌푸리고 있을 때였다.

갈천성이 물었다.

"그럼, 구멍을 내면 터지지 않게 된단 말인가?"

"그죠. 그래야 안전……."

휙!

텅 비어 버린 손을 바라보며 택중이 눈을 껌벅거렸다.

그런 그의 귓가로 갈천성의 음성이 날아들었다.

"오오! 놀라운지고!"

부탄가스를 하늘 높이 쳐들고 감동한 듯 부르르 떠는 중년인을 택중은 미친놈 바라보듯 했다.

'제정신이 아니군.'

한숨이 절로 나온다.

연기도 좋다지만…….

어째 이 동넨 오나가나 헤까닥 돈 것들만 있는 건지.

고개를 내저은 뒤 커피 봉지를 뜯는 데 열중하는 택중이었다.

그 모습을 갈천성이 눈을 빛내며 바라보았다.

이제 그가 하는 행동은 무엇이든 예사롭게 보지 않게 된
그였기에 눈을 반짝이고 있었던 것이다.

아니나 다를까.

물이 끓기도 전에, 택중은 그의 기대를 저버리지 않았다.

길쭉하게 생긴 봉지들을 뜯어내며 물었던 것이다.

"커피 괜찮으시죠?"

"······?"

"드실 거예요, 말 거예요?"

"그게 뭔가?"

설명하려니 한숨이 나오려 한다.

택중은 눈을 가늘게 해 보인 뒤 다시 물었다.

"현미 녹차도 있는데, 그걸로 드실래요?"

"그건 또 뭔가?"

택중은 짧은 한숨과 함께 어깨를 으쓱해 보였다.

먼저 종이컵 세 개를 늘어놓았다.

그걸 갈천성이 잽싸게 들어 올리더니 흠칫 몸을 떨었다.

"아니, 이 잔은 왜 이리 가볍단 말인가!"

"당연하잖아요. 종이로 만든 거니."

"오오! 놀라운지고!"

종이컵을 번쩍 치켜든 갈천성이 탄성을 내뱉었다.

택중은 이제 신경을 끄기로 했다.

하나부터 열까지 저 모양이니 이젠 상대하기도 어렵다.

한차례 고개를 내저은 택중이 커피믹스를 집어 들었다.

부욱.

커피믹스를 뜯어 종이컵에 붓더니 끓기 시작한 물을 들입다 붓는 그였다.

그는 자신의 것과 은설란의 컵에 물을 붓고는 말했다.

"빨리 줘요. 물 식기 전에 붓게."

"알겠네!"

종이컵을 얼른 내미는 갈천성. 그러면서 또 묻는다.

"이 가루들이 차가 된단 말인가?"

"예에~ 되고말고요."

"오오! 놀……."

콸콸!

휘휘휘!

그의 컵에 물을 붓고 빈 커피믹스 봉지를 뒤집어 휘휘 젓자 모락모락 김이 피어올랐다.

"흠, 역시 종이라 그런지 조금 뜨겁구먼."

그때 택중이 후루룩거리며 커피를 마시기 시작했다.

그러자 갈천성과 은설란이 그를 따라 커피를 마셨다.

"……!"

"……!"

한 모금 마신 뒤 갈천성의 반응은…….

"오……."

"그만 좀 해욧!"

반면 은설란의 반응이란······.

눈을 감고 음미하듯 커피향을 느끼던 그녀가 돌연 눈을
번쩍 뜨더니 대뜸 물었다.

"이게 대체 뭐죠?"

"아! 커피라니까!"

이 잡것들을 대체 어쩌면 좋을까······!

진짜 여기가 어딘지, 또 저들이 자신에게 바라는 게 뭔
지······ 따윌 생각하기에 앞서서 갈수록 머리가 아파 오는
택중이었다.

*   *   *

택중이 물었다.

"그래서 왜 찾아오신 건데요?"

갈천성이 대답했다.

"큼! 먼저 이걸 좀 보시게."

"······?"

"은 대주! 가져오게."

그의 지시에 은설란이 작은 상자를 건네 왔다.

나무 상자는 수박 하나 들어가면 딱 적당할 정도의 크기
였다.

한데 무슨 나무로 만들었는지 향기가 너무 근사했다.

상자를 이루는 나무가 아무래도 고급스러운 나무인 모양이었다.

딸깍.

갈천성이 뚜껑을 열고 상자 안으로 손을 쑥 집어넣더니, 조심스럽게 뭔가를 꺼내고 있었다.

그리고 마침내 그 무언가가 세상에 정체를 드러내는 순간이었다.

"헉!"

택중이 숨넘어가는 소리를 내지르며 뒤로 물러나고 말았다.

그 바람에 바닥에 엉덩방아를 찧고만 그였지만, 조금도 개의치 않았다.

아니, 온 정신이 갈천성이 들고 있는 물건에 가 있다 보니 아무것도 느끼지 못했던 것이다.

정신 나간 듯한 표정을 지우지 못한 채 택중이 중얼거렸다.

제5장
여기가 어디라고요?

"쌍용……."

택중의 말을 알아들을 수 있는 자는 이곳에 아무도 없었
다.

당연했다.

너무 놀라서 자기도 모르게 한국말을 썼기 때문이다.

그만큼 택중은 경악하고 있었다.

"설마……!"

그는 믿기 어렵다는 듯 중얼거리다가 끝내 침을 삼켰다.

그러고도 모자라 말을 보탰다.

"아닐 거야! 그저 모조품이겠지!"

하지만, 너무 똑같다.

아니, 조금 다른가?

눈앞에 멋들어지게 모습을 드러낸 두 마리의 용은 그야 말로 휘황찬란했으니, 분명 TV에서 보았던 것보다 훨씬 깨끗했고 또 아름다웠다.

만일 저게 진짜라면 어쩌면 당연한 일일 테다.

새 거가 괜히 새 건가?

방금 만들어져서 따끈따끈, 아니, 번쩍번쩍 빛나니까 새 거지.

'……가짜라면 저렇게 새 거처럼 만들 필요가 없을 텐 데?'

끝까지 의심하고 보는 그였다.

그 바람에 냉정을 되찾은 택중은 눈앞에 있는 쌍용조각 벼루가 TV에서 본 것과 또 한 가지 다른 점이 있다는 걸 알아차렸다.

'부서진 곳이 없네?'

원래대로라면 오른쪽 용의 앞다리가 부러져 있어야 정상 인데…….

지금 것은 어디 한군데 파손된 곳이 없는 완전한 모습이 었다.

다리 하나가 부러진 것이 삼억을 받았었는데, 그렇다 면…….

'저걸 가져다 팔면…….'

삼억이 아니라, 그 이상을 받을 수 있을지도 모른다!

생각만으로도 가슴이 쿵쾅거리는 택중.

그런 그를 당연하다는 듯 쳐다보며 갈천성이 말했다.

"마음에 들 줄 알았네."

만면에 웃음을 띠며, 그가 계속 얘기했다.

"도암 유종익 선생께서 남긴 유작일세."

그러곤 택중의 바로 앞에 쌍용 벼루를 조심스럽게 내려 놓았다.

꿀꺽.

또다시 한차례 침을 삼킨 뒤, 택중이 조심스럽게 물었다.

"이걸 절 주시는 건가요?"

"그렇다고 볼 수 있지."

이제 벼루에서 시선을 떼어 갈천성의 얼굴을 뚫어져라 쳐다보는 택중이었다.

그렇게 한참을 가만있다가 그가 불쑥 물었다.

"왜요?"

"……."

대놓고 물으니 할 말이 없었던 걸까?

갈천성이 아무 말도 못하다가 이내 정신을 차리곤 말했다.

"뭐, 이쪽의 성의라고 보아 주면 좋을 걸세."

"그러니까, 왜요?"

"......?"

"왜 성의를 보이시는 거냐구요?"

"그, 그야……."

"가져가세요."

택중의 태도가 갑자기 돌변했다.

'흥! 어디서 사기를 치려고!'

아무리 생각해도 이만큼이나 대단한 물건을 자신에게 덥석 안길 이유가 없다고 생각하는 택중이었던 것이다.

그러나 한편으로는 아쉬운 마음이 아주 없는 건 아니었다.

일단 받고 보면 어떨까 싶기도 했던 것이다.

그런 만큼 쌍용 벼루를 물리는 택중으로선 실제론 아쉬운 마음을 금치 못하고 있었지만, 갈천성의 눈에는 조금 달리 보였다.

'이놈이! 대체 왜 이러는 거지?'

방금까지만 해도 헤벌쭉 해서는 좋아라! 하더니만, 갑자기 냉담한 표정으로 선물을 거절하다니!

'헛참! 그나저나 이러면 곤란한데…….'

천비신도를 한 자루라도 더 팔게 하려면 이 정도 선물이 적당하고 생각했는데 자신의 생각이 틀렸단 말인가?

하면, 설마 이정도론 만족하지 못한다는 얘기?

'흠, 이 정도론 성에 안 찬단 말이렷다?'

갈천성이 눈을 가늘게 해 보였을 때였다.

"빨리 가져가시라니까요!"

택중이 쌍용 벼루를 들어 갈천성에게 내밀고 있었다.

"그러지 말고 일단 받게나."

"싫어요! 얼른 가져가세요!"

"허허! 내 생각이 짧았네. 다음에 올 땐 자네 마음에 꼭 드는 걸 가져올 테니, 이번만 참으시게."

"대체 무슨 소리에요! 아, 몰라요! 빨리 가져가기나 하세요."

"그러지 말고 받으라니까!"

두 사람이 쌍용 벼루를 한쪽씩 붙잡은 채 옥신각신하고 있었다.

쨍그랑!

순간 정적이 흘렀다.

그야말로 정신이 번쩍 드는 순간이기도 했다.

쌍용 벼루가 바닥을 때리는 찰나, 저도 모르게 숨을 멈추고 말았던 택중이 참았던 숨을 터뜨렸다.

"컥! 이, 이걸 어찌……."

당황한 그가 서둘러 쌍용 벼루를 집어 들었다.

하지만 이미 쌍용 중 오른쪽 용의 앞다리가 부러져 나간 뒤였다.

"헉!"

그제야 택중은 깨달았다.

'이, 이건……!'

순식간에 그의 뇌리를 스쳐 가는 영상.

TV에서 보았던 쌍용 벼루와 자신의 손에 들려 있는 쌍용 벼루가 겹쳐졌다.

'또, 똑같잖아!'

털썩!

뒤로 주저앉고 만 택중이 중얼거렸다.

"……그럼, 그게 내 거였던 거야?"

*   *   *

앞다리가 사정없이 부러져 나간 용은 금방이라도 눈물을 흘릴 듯 보였다.

그런데도 방 안의 사람들은 눈길 하나 주지 않고 있었다.

그럴 수밖에.

갈천성과 은설란이야 애당초 벼루를 택중에게 주려고 가져온 것이니 그게 산산조각이 났든 가루가 되었든 상관없었다.

반면 택중은 지금 벼루 따윌 신경 쓸 게재가 아니었다.

마침내 증거를 찾아냈기 때문이다.

그가 타임 슬립을 해서 과거, 그것도 옛날의 중국으로 온 것임을 깨달았던 까닭이다.

해서 한참 동안 방 안에는 묘한 공기가 흐르는 채 이상한 얘기들이 오가는 중이었다.

택중이 뒤늦게 접대하겠노라 급하게 내온 사과는 누구도 건드리지 않고 있었다.

"여기가 어디라고요?"

"도대체 몇 번을 묻는 건가? 중원이라도 그러네."

"그러니까, 여기가 중원. 아니, 명나라라고요?"

"그렇다니까."

"주…… 중원."

한참 동안 고개를 숙인 채 생각에 잠기던 택중이 번쩍하고 고개를 쳐들었다.

이어 고함치듯 물었다.

"그럼 한국은요? 일본은요?"

갈천성이 한차례 혀를 찬 뒤 대답해 주었다.

진짜 미친놈 보듯 하며.

"들어 본 적도 없네."

또다시 잠시 생각에 잠기던 택중이 되물었다.

"그럼 조선도 몰라요?"

"아! 거긴 알고 있네. 그리고 보니 왜구들이 쳐들어와서 한바탕 난리가 났다는 얘기도 들은 것 같군."

"하아!"

택중은 까무러치기 일보 직전이었다.

그러나 진짜로 넘어간 것은 아니었다.

'이, 이, 이럴 때일수록 정신을……! 그러니까, 한국은 지금 조선 시대고, 저 양반 얘기대로라면 임진왜란이 일어난 지 얼마 되지 않았다는 얘긴데……. 그렇다면 지금 난 정말로 과, 과거로 온 거란 말인가?!'

여기까지 결론이 나자, 그는 넋을 잃고 말았다.

'그럼 왔다 갔다 한단 말이네?!'

하루는 과거, 하루는 현재.

게다가 중원과 한국을 오간다?

대체 무슨 일이 벌어지고 있는 건가!

택중이 어처구니없는 모습을 하고 있는데, 갈천성이 물어 왔다.

"왜 그러는지 모르겠으나, 하던 얘기를 마무리 지었으면 하네만."

"……예?"

"칼 말이네."

"아! 칼이요? 근데, 그게 왜요?"

"팔지 않을 건가?"

판다?

갑자기 머리를 스치는 생각.

택중이 은설란에게 물었다.

"그저께 저한테 만 냥이라고 했죠?"

"예."

자신은 만 원이라고 했는데, 그녀가 만 냥이라고 했던 게 떠올랐던 것이다.

그땐 무심결에 그냥 지나갔는데, 상황이 이쯤 되고 보니 허투루 넘길 일이 아니라 여겨졌다.

누가 뭐래도 장사로 잔뼈가 굵은 그였기에, 어떠한 상황에 부닥치더라도 돈에는 민감했던 것이다.

특히나 장소와 시간이 바뀌었으니 돈을 세는 단위도 다르리라 생각한 택중이었다.

"그 만 냥이라는 게 얼마 정도 되는 겁니까?"

"무슨 말이죠?"

"많은 건가요?"

은설란이 답했다.

"적다고 느낄 수도 있겠지만, 일반적으로는 상당히 큰돈인 건 분명해요."

"얼마나?"

"그러니까 그게……."

뭐라 설명하기 어려운지 은설란이 채 말을 잇지 못하자, 택중이 되물었다.

"여기선 쌀 20킬로……. 아니, 한 말이 얼만데요?"

"두 냥 정도 해요."

"……!"

만 냥이라는 액수가 예상했던 것보다 훨씬 많다는 걸 깨닫게 되자 택중은 말문이 막히고 말았다.

하지만, 그도 잠시. 그가 상기된 목소리로 또다시 물었다.

"다, 당신 월급이 얼만데요?"

"월급이요?"

'못 알아들은 건가?'

"일 안 해요?"

"그야 하죠. 지금도 일하는 중이고."

"그럼 돈 받을 거 아니에요."

"아, 녹봉이요?"

"뭐 그렇다 치고. 얼마나 받는데요?"

"매달 보름에 열 냥씩 받아요."

"여, 열 냥?!"

쌀 얘기할 때부터 짐작했지만, 이로써 확실해졌다.

만 냥이라는 액수는……

월급으로 받는 열 냥을 백만 원이라고만 쳐도 만 냥이면……

'시, 시, 시, 십억!!!'

십억……

그 정도면 완전히 팔자를 고치고도 남는다!

꿀꺽!

마른 침이 절로 넘어갔다.

칼 한 자루 팔아서 팔자를 편다?

그럼 다른 것도 팔면?

순식간에 돌아가는 그의 머리.

이미 그는 황금성에 들어앉아 돈방석 위에서 주체할 수 없는 돈을 세고 있었다.

씨익.

그의 미소가 다소 음흉스러웠던가.

흠칫 놀란 은설란이 슬그머니 뒤로 물러섰다.

그때 갈천성의 음성이 끼어들었다.

"흠, 내 입으로 말하긴 그렇지만 우리 흑사련이 식구들에게 박한 편은 아니지. 돈도 제대로 안 주면서 입바른 소리로 수하들 등이나 처먹는 정도맹과는 완전히 다르지. 암, 그렇고말고."

쐐기를 박는 얘기라 할 수 있었다.

월급을 열 냥 주면서 저처럼 본인 앞에서 생색을 잔뜩 낼 정도면 상당히 많이 주는 거란 말이니…….

하지만 기쁨도 잠시, 택중은 의아해졌다.

'대체 칼 한 자루를 왜 그 돈을 주고 사는 거지?'

이해가 가지 않는 그였다.

그러나 잠시 생각해 보니 알 것도 같았다.

순간적으로 은설란이 부엌칼에서 레이저 빔과 같은 걸

피어올리던 걸 떠올린 택중은 고개를 가볍게 내저었다.

'특별한 뭔가가 있나 보지.'

이렇게 생각하니 뭔가 앞뒤가 맞아 들어가는 느낌이 들었다.

이곳에선 자신이 가지고 있는 부엌칼이 조금 다르게 취급되는 모양.

생각하면 할수록 틀림없는 것 같았다.

그렇지 않다면 저 총관이라는 자가 직접 오진 않았을 테니까.

게다가 한눈에도 굉장히 비싸 보이는 쌍용 벼루도 척하니 안기고.

그건 그렇고 한두 자루만 더 팔아도 당장에 몇 십억이 생기는 건가?

호흡이 가빠지고, 맥박이 뛰었다.

끝내 숨넘어가는 소리를 하는 택중이었다.

"끽!"

화들짝 놀란 은설란이 황급히 다가들었다.

"괘, 괜찮아요?"

일단 택중의 등을 두드리고 보는 그녀였다.

탁!

한 대론 정신을 차리지 못하는 택중을 보곤 그녀가 다시금 손을 날렸다.

퍽!

그런데도 여전히 해롱거리는 택중.

어느새 그의 낯빛이 하얗게 질려 가고 있었다.

팍! 파바바바박!

갈수록 점차 강해지는 손속.

끝내 창자라도 튀어나올 정도로 매섭게 변한 손속으로 끊임없이 택중의 등을 두들기고 있었다.

"그, 그만!"

택중의 다급한 음성이 허공을 흔들었다.

그제야 멈춘 은설란. 그녀를 한차례 노려보며 택중이 중얼거렸다.

"무슨 여자가 힘이……!"

이어 등으로 손을 뻗으며 긴 숨을 내뱉었다.

"휴우~! 진짜 죽는 줄 알았네."

제정신으로 돌아온 택중은 이내 갈천성을 향해 시선을 돌렸다.

"자, 빨리 시작하죠."

"……?"

"칼 산다면서요?"

"……!"

어느새 방바닥에 주욱 늘어져 있는 칼들을 갈천성과 은설란이 눈을 반짝이며 보고 있었다.

잔뜩 상기된 얼굴 하며 벌어진 뒤 닫히지 않는 입.

금방이라도 침이 흘러내릴 것 같은 그들을 보며 택중은 가슴을 쭉 폈다.

'내가 이래 봬도 칼 고르는 솜씨가 또 탁월하지!'

도매상에게 물건을 떼는 것도 아무나 하는 게 아니다.

그 물건이 그 물건 같지만 절대 그렇지 않다.

심지어는 같은 가격, 같은 산지에서 온 것도 품질이 다를 수 있다.

그걸 한두 차례 만져 보는 것만으로 가려내야만 하는 것이다.

어쩌다 가끔 실수로 '에러'라고밖에는 말할 수 없는 허접한 걸 골라 올 때도 있지만, 백에 구십구는 극상품을 골라 내는 능력.

뭐, 극상품이라고 해 봐야 시장표 물건 중에서 그렇다는 것이지만, 어찌 되었든 이 능력이야말로 택중이 성공할 수 있는 발판이었다.

여기에 입심 좋은 영업력이 보태져 오늘날 택중이 집까지 살 수 있게 만들었다.

"여기 이 칼들이 중국산. 이것들은 인도네시아산. 그리고 요것들은 무려 일본산. 그럼 뭐가 차이가 있느냐! 강도, 탄성, 내구력 전부 차이가 있죠. 보세요, 이렇게 치면!"

턱!

아예 각목까지 가져와 칼들을 내려치기 시작하는 택중.

그의 손짓을 따라 고개를 끄덕이는 갈천성과 은설란은 기실 그의 얘기는 조금도 듣고 있지 않았다.

아까부터 그저 마른 침만 삼키고 있을 뿐이었다.

그사이에도 택중의 설명은 계속되고 있었다.

"자, 여기까지가 식칼이구요. 다음은 과도!"

그가 치켜드는 과도를 보며 갈천성과 은설란이 눈을 반짝였다.

'이번엔 비수인가!'

'어머! 저 날렵한 칼날!'

두 사람은 온몸을 떨며 기대에 부풀어 있었다.

그러거나 말거나 택중은 능숙한 솜씨로 설명해 나가기 시작했다.

"연질의 과일이나 깎는다고 과도를 무시하면 안 됩니다. 왜냐! 신선도가 다릅니다! 날이 무디면 빨리 깎으려야 깎을 수가 없다는 거죠. 하지만, 제 칼들은 다릅니다!"

말이 끝나기 무섭게 앞에 놓인 사과 하나를 쥐고는 과도를 들이댔다.

한데, 일반적으로 깎는 모양새가 아니다.

칼을 가로로 돌려 깎아 나가는 게 아니라, 세로로 내려 깎는 게 아닌가.

그리고 칼은 오로지 위에서 아래로만 움직이길 반복하는

반면, 사과가 천천히 돌고 있었다.

당연히 계속해서 안 깎인 면이 나오게 마련이었고, 그땐 칼날이 여지없이 껍질을 깎아 내고 있었다.

속도 또한 엄청 빨랐다.

사사사사삭!

손이 보이지 않을 정도로 빠르게 과도를 움직이는가 싶더니 눈 깜짝할 새에 사과는 하얀 속살을 드러내었던 것이다.

"짝짝짝!"

마치 기예를 본 듯 손뼉을 치는 은설란에게 택중이 씩 웃으며 고개를 숙여 보였다.

"보셨다시피 이 정도쯤 돼야 과도라 할 수 있습니다. 그러면 이 칼들이 얼마냐!"

이미 입가로 삐져나오는 침을 더는 참지 못하게 된 갈천성은 하는 수 없이 손등으로 입가를 훔치는 중이었다.

그러다 이윽고 택중이 가격 얘기를 시작하자, 사자처럼 얼굴이 변하더니 섬뜩할 정도로 눈을 빛냈다.

그런데 갑자기 택중이 말을 끊는 게 아닌가.

그러더니 스윽하고 두 사람을 차례로 바라보곤 의미를 알 수 없는 미소를 지어 보였다.

갈천성은 불길한 예감이 들었다.

원인 모를 불안함에 눈썹을 꿈틀하는 그 순간, 택중이 말문을 열었다.

"식칼부터 갑니다. 여기서부터 여기까지는 이만오천 원! 그다음은 이만 원, 그리고 마지막 메이드 인 재팬은 삼만 원에 모십니다! 에, 그리구 과도들은 만 원에서부터 팔천 원 사이니까 일단 골라 보세요! 마음만 맞으면 확 그냥 줄라니까!"

떡 벌어진 입을 채 다물지 못하는 갈천성이었다.

당연히 좋아서 벌어진 입이 아니었다.

택중이 지닌 칼이 이백 자루는 될 거라 예상하고 왔다가, 과도까지 포함해도 겨우 오십 자루밖에 되지 않는다는 걸 알고는 급 실망했던 그였다.

그래도 워낙 대단한 신병이기인지라 그것만으로 기뻐하지 않을 수 없었다.

한데 가격이 완전…….

'그래도 싼 건가?'

은설란에게 들었던 것과 조금, 아니, 많이 다르긴 하지만 그래도 잘 생각해 보면 헐값이나 다름없지 않은가.

신병이기라고 할 수 있는 칼들 오십여 자루를 사는 데 드는 비용이 그래 봐야 백만 냥.

절정 고수를 초절정 고수로 만들어 주고, 초절정 고수를 절대 고수로 탈바꿈시켜 줄 꿈의 칼들이거늘.

"좋네! 전부 주시게!"

"그렇습니다. 이런 칼들은 전부…… 예?"

"뭐가 잘못되었나?"

"전부요?"

"전부."

택중이 갑자기 고개를 푹 숙였다.

그의 모습에 의아해진 두 사람이 눈가를 좁히는데, 이상한 소리가 들려오기 시작했다.

흡사 쇠를 갈아 대는 듯한 소리.

"……??"

"왜 그러나, 자네? 혹시 마음이 바뀌어…….."

심상찮은 분위기에 갈천성이 마음을 졸이는데,

"킥킥킥킥!"

춤이라도 추고 싶은 택중이었다.

하지만 아직은 그럴 때가 아니다.

그는 진정했다.

아니, 그러려고 노력했다.

그러나 노력한다고 될 일이 있고, 안 되는 일이 있는 법.

그는 끓어오르는 기쁨을 도저히 주체할 수가 없었다.

고개를 푹 숙인 채 어깨를 들썩이고 있는 그를 이상하게 바라보던 은설란이 그의 어깨를 툭 쳤다.

깜짝 놀란 택중이 소리쳤다.

"천억입니다!!"

제6장
망했다!

은설란은 되묻지 않을 수 없었다.

"예?"

"아, 아니 그게 아니고요. 전부 합쳐서…… 킥…… 백십삼만 팔천 냥…… 이군요. 에잇! 기분이다! 우수리 떼고 백십삼만 냥만 주세요!"

웃음이 절로 나오는 상황이었다.

그저 한두 자루 더 사러 온 줄 알고, 아까 전 은설란에게 부엌칼을 팔던 때를 떠올려 조금 세게 부른 참이었다.

조금씩 차이는 있지만 거의 두 배 가까이 불렀던 것이다.

틀림없이 살 거란 생각으로 배짱을 부려 본 것인데…….

'대박이다!'

한편으로는 살짝 걱정이 되기도 했다.

'이래도 되는 건가?'

폭리도 이런 폭리가 없었기 때문이다.

하지만 개똥도 약으로 쓰일 땐 비쌀 수도 있지 않을까?

약간 양심이 찔리기도 했지만, 주겠다는데 싫다고 할 택중이 아니었다.

게다가 그 순간, 그의 머릿속에 은설란이 칼끝에서 뽑아내던 레이저 빔이 스쳐 가고 있었다.

'에라! 모르겠다!'

걱정을 지우며 그가 물었다.

"아무래도 현찰박치기는 어렵겠죠?"

"혀, 현찰? 박치기?"

"아! 이런 저도 모르게 전문 용어가 그만. 그러니까, 그 뭣이냐 칼값이 조금 많으니까, 현금으로 주기는 어렵지 않겠냐는 얘기에요."

"그건 그렇지."

"하면 어쩔까요?"

"어쩌긴 뭘 어째? 당연히……."

소매 속으로 들어갔다가 나오는 갈천성의 한 손에 누런 종이가 보이려 할 때였다.

휙!

빛살처럼 허공을 누빈 택중의 손이 어느새 갈천성의 손

목을 잡아채고 있었다.

턱!

"어허! 왜 이러십니까!"

"내가 뭘 어쨌다고 그러나?"

"알 만한 분이 무슨 그런 끔찍한 장난을."

"장난이라니?"

"그 이상한 종이쪼가리라면 사양이에요!"

그러면서 갈천성이 손을 빼려 했지만, 택중은 놓아 줄 생각이 없는 듯했다.

아무리 뿌리치려고 해도 택중의 손은 떨치질 않았던 것이다.

'이놈 봐라! 생긴 건 비리비리해 가지고……'

부아가 치민 갈천성이 금나수를 펼쳤다.

은설란에게 들은 게 있어서 내공을 싣지는 않지만, 그래도 절정에 이른 금나수였다.

우둑.

하지만 뼈라도 부러질 듯 관절 부딪히는 소리만 날 뿐 택중의 손은 움쩍달싹 하지 않았다.

당연했다.

갈천성은 택중을 몰라도 너무 몰랐다.

돈에 관련된 거라면 악착같을뿐더러, 집채만 한 짐보따리도 번쩍 들어 올려 종로 1가에서 청계 8가까지 내달릴 수 있는 게 택중이었으니.

오죽하면 그 계통에선 그를 두고 '죽을 때쯤에는 은행 하나는 기필코 이고 갈 놈'이라고까지 할까.

그런 그이거늘, 지금과 같은 상황에서 물러날 리 없었다.

결국, 갈천성이 물러나는 수밖에 없었다.

더하다가는 끝내 택중의 손모가지가 부러질 것 같았기 때문이다.

그랬다가는 이 귀하디 귀한 거래가 날아갈 판국이니 어쩌겠는가.

"그럼 어쩌잔 건가?"

'당연히 계좌이체는 안 될 테고……. 어쩐다?'

택중이 잠시 생각에 잠겼다가 말했다.

"그냥 황금으로 주세요."

"허허! 그 많은 황금을 당장 어디서 구하겠나? 그러지 말고…….."

"그럼 어쩝니까? 여긴 은행도 없을 텐데. 그럼 안 살 건가요?"

바닥에 늘어놓은 칼들을 주워 담는 택중이었다.

그 모습에 다급해진 것은 갈천성이었다.

"은행이 뭔지는 몰라도, 전표는 있다니까!"

"이상한 건 안 받을래요!"

"아, 그러니까. 전표로 준다지 않나!"

"그냥 황금으로 달라니까요!"

"……."

잠시간 택중을 노려보던 갈천성이 고개를 내저으며 말했다.

"알았네, 그리하지."

그제야 택중은 만족했는지 흐뭇한 표정을 지어 보였다.

'돌아가자마자, 빌딩을 사 버리는 거야! 움하하하하!'

일단 강남 테헤란로로 가서는 H백화점 맞은편에 이십층짜리 빌딩 하나를 사는 거다.

그리고도 돈이 남으면 어쩌지?

가게를 하나 얻어 볼까?

아냐, 아냐! 요즘 같은 불경기에 그런 모험을 할 수는 없어.

지금 가지고 있는 트럭만으로도 충분한 걸 뭐하러 그런데 돈을 쓰겠어.

아하! 땅을 사자!

세상이 아무리 바뀌어도 땅만은 날 배반하지 않을 테니.

좋아, 좋아. 그럼 어디 땅을 사 볼까?

그래! 판교에 땅을 사자. 아니면 파주 쪽?

아냐, 거긴 너무 올랐어. 거품도 빠지는 중인 거 같고…….

차라리 지방으로 가 볼까?

흠, 요즘 세종시가 뜬다는데, 거기 땅을 사 볼까?

그게 좋겠다. 거기가 딱이네!

ㅎㅎㅎ. 세종시여! 기다려라. 내가 곧 달려갈 테니!

……그런 뒤에도 돈이 남으면 어쩌지?

그렇지!

진아랑 함께 삼겹살을 배 터지도록 먹자!

'으하하하하! 밥은 절대로 안 먹을 거야! 나물도 필요 없어! 무조건 고기만으로 배를 채우는 거다!'

여기까지 생각하자, 그는 여동생이 더욱 보고 싶어졌다.

여동생이 사춘기에 접어들면서 발길을 끊었던 그였던 것이다.

혹시 자기 때문에 비뚤어지기라도 할까 싶어서였다.

'녀석 많이 컸을 텐데……'

그래, 이제 고생 끝이다.

집도 샀겠다, 돈도 이만큼 벌었겠다, 뭐가 걱정인가.

여동생의 양부만큼은 아닐지 몰라도, 이제는 진아를 행복하게 해 주는 데 있어서 적어도 돈 때문에 힘들어 하진 않아도 될 터였다.

지금부턴 여동생과 함께 오순도순 즐겁게 살기만 하면 되는 것이다.

그렇게 택중이 황금빛 꿈을 꾸고 있을 때였다.

그를 심상치 않다는 듯 바라보던 갈천성이 자신의 턱을

매만지더니 물었다.

"그건 그렇고…… 그 왜 있지 않던가?"

"뭐가요?"

"가…… 스라고 했던가? 벽력탄처럼 터진다는 그거 말이네."

"아, 부탄가스요?"

"그게 터지면 정말 집도 날아가나?"

"뭐 상황에 따라 다르지만 제대로 터지면 그럴 수도 있을걸요."

"흐음……."

잠시 생각에 잠기던 갈천성이 되물었다.

눈빛을 반짝이는 게 영 수상쩍은 눈치다.

"그걸 터뜨리려면 어떻게 하면 되는 건가?"

"뭐, 불 속에 집어 던지는 게 직빵이겠지만, 꼭 그렇지 않더라도 온도만 높여 주면……. 근데 그건 왜 묻는 거죠?"

"큼, 건 알 거 없고. 이왕 말이 나왔으니 그것도 팔면 어떤가?"

"아이참! 진작 말씀하시지! 얼마나 드릴까요?"

환한 미소를 지어 보인 택중은 금방이라도 뛰쳐나갈 태세였다.

그런 그에게 갈천성이 급히 되물었다.

"그건 얼마씩인가?"

"아, 그건 말이죠. 하나에……."

'어라? 얼마나 불러야 하는 거지?'

생각지도 못한 문제에 난감해져 버린 택중이었다.

하지만, 고민은 오래 가지 않았다.

'맨 처음 칼 한 자루를 만 냥에 팔았고, 다음엔 두세 배 튀겨서 팔았으니…….'

그때까지도 여전히 눈을 반짝이며 그의 대답을 기다리고 있는 갈천성이 보였다.

'에라! 지르고 보는 거다!'

"삼천 냥인데요!"

메이커마다 다르지만 보통 부탄가스의 가격은 천 원 안 팎. 그렇게 보면 지금 그가 부르는 가격은 폭리도 그런 폭 리가 없는 셈.

말해 놓고도 너무 많이 부른 거 같아 가슴이 두근거리는 택중이었다.

한데, 들려온 대답은…….

"음, 역시 세구먼. 하나 벽력탄보다는 훨씬 싸구먼!"

벽력탄은 귀했다.

만드는 곳이 몇 군데 되지 않았기 때문이다.

오죽하면 벽력탄을 만들 수 있는 것만으로도 일가를 이 루고 명문 취급을 받을 것인가.

더구나 화약류는 황궁에서 엄금하고 있었기에, 더더욱 구하기 어려웠다.

한마디로 천금을 주고도 구하기 어려운 게 벽력탄이라고 할 수 있었던 것이다.

하지만 구할 수만 있으면, 싸움에 있어서 상당한 도움이 될 터.

그 자체가 지닌 위력도 위력이지만, 벽력탄을 중심으로 전략을 짤 수 있어서 싸움을 계획하는 데 있어서 그 폭이 몇 배는 넓어질 수 있었다.

실제로 흑사련에도 벽력탄이 몇 개 있는데, 그중 세 개를 지난번 정도맹과의 충돌에서 사용해 본 결과, 뒤지고 있던 전세를 단번에 역전시키고, 원하던 지역인 항주를 손아귀에 넣을 수 있었던 것이다.

그러나 그뿐이었다.

워낙 귀한 것인지라, 정말 중요한 싸움이 아니면 함부로 사용할 수 없었기에 꼭꼭 숨겨 두고 있었던 것이다.

한데 벽력탄보다는 위력이 약할지 몰라도 상당히 폭발적인 위력을 지닌 부탄가스를 손아귀에 넣을 수 있다면?

'흐흐흐! 전혀 비싼 것이 아니지. 암! 그렇고말고!'

만족스러운 듯 입이 찢어질 정도로 환하게 미소 짓던 갈천성이 소매 속으로 손을 집어넣으며 물었다.

"몇 개나 있는가?"

열 개만 있어도 좋겠다고 생각하며 묻던 갈천성이었다.

"한 묶음에 네 개씩 열 묶음 있는데요?"

"헉! 마흔 개나!"

눈이 휘둥그레진 갈천성이 재빨리 전표를 세어 내어 주며 소리쳤다.

"몽땅 주시게!"

"아고, 그렇게나 많이! 감사합니다~!"

택중이 신바람이 나서 손을 내밀어 전표를 받으려 하려다 말고 움직임을 멈췄다.

"왜 그러나?"

"황금."

"큼. 미안함세."

스윽.

전표를 다시 거둬들이던 갈천성이 슬쩍 물었다.

"근데, 자네 말을 어찌 믿지?"

"……?"

"정말 그처럼 대단한 물건인지 어찌 믿느냔 말이네."

꾹!

인상을 구긴 택중이 주먹을 말아 쥐어 허공을 움켜잡고는 돌아섰다.

그러곤 집 밖으로 나가더니 차 안에서 부탄가스를 하나 꺼냈다.

마개조차 따지 않은 새 거였다.

이어 그는 마당에 칼질할 때 쓰던 팔뚝만 한 각목 하나를 놓고는 기름을 조금 부었다.

화악!

일회용 라이터를 켜자 불길이 일어나는 건 당연지사.

탁, 쉬이이익!

어느새 못 하나로 부탄가스통에 구멍을 뚫었는지, 가스가 새어 나오길 기다렸다.

휙!

불길이 거세지기를 기다려 부탄가스를 집어 던진 택중이 돌아서더니 서둘러 집안으로 들어갔다.

그 뒤를 갈천성과 은설란이 따라붙었다.

그렇게 그들이 현관문 안으로 막 들어섰을 때였다.

콰아아앙!

엄청난 폭발이 일었다.

쐐애애애액!

동시에 닫힌 문 너머로 섬뜩한 소리가 이어졌다.

파바바바바박!

무언가 파편이 날아와 박히는 소리일 터다.

삐걱.

잠시 뒷문을 열고 나온 갈천성과 은설란은 두 눈이 그만 휘둥그레지고 말았다.

각목이 타오르던 마당 한가운데가 움푹 파여 있었고, 폭발로 터져 나간 각목의 파편과 가스통의 양철 조각이 대문뿐만 아니라 사방 천지에 박혀 있었던 것이다.

조금 멀리 떨어진 곳에 세워 둔 만물트럭을 제외하곤 거의 모든 곳까지 날아가 박혀 있는 파편들을 보면서 두 사람은 혀를 내두르지 않을 수 없었다.

반면 택중은 자신의 집 마당이 폐허나 다름없어졌음에도 전혀 상관치 않았다. 그만큼 열 받아 있었던 것이다.

뭐, 상인으로선 항상 정직하다고만 할 순 없었지만, 최소한 제품의 질에 관해서 만큼은 이날 이때껏 누굴 속여 본 적이 없는 그였다.

그런만큼 제품을 취급하는 데 있어선 그 자부심이 남달랐다고 할 수 있었다.

한데, 다른 것도 아니고 자신의 물건을 믿지 못한다는 말을 들었으니, 한마디로 그의 자존심에 불을 지른 셈이었다.

이 때문에 울컥해서 당장에 마당으로 나와 부탄가스를 폭발시킨 택중.

지금까지도 얼굴이 상기되어 있을 정도니 그가 얼마나 화가 났는지 알 만하지 않은가.

그러나 그도 잠시.

점차 평온을 되찾아가는 그의 표정. 어느새 평상시의 그로 돌아온 그의 눈이 한차례 반짝이고 있었다.

이때, 눈앞에 펼쳐진 놀라운 광경 탓에 시시각각으로 변하고 있는 택중의 얼굴을 보지 못한 갈천성은 그저 속으로 감탄하고 있을 뿐이었다.

'벼, 벽력탄보다 못하지 않다!'

갈천성이 다급히 소리쳤다.

"얼른 주시게!"

하지만 택중은 그저 갈천성의 얼굴만을 물끄러미 쳐다만 보는 게 아닌가.

"왜 안 주고 그러고 있는 건가?"

"안 팔래요."

황당한 표정을 짓지 않을 수 없는 갈천성이었다.

반면 택중의 눈가엔 희미한 미소가 드리워져 있었다.

"……?"

무슨 말인가?

처음엔 잘못 들은 게 아닌가 싶었다.

갈천성이 얼굴이 시뻘게져서 외쳐 물었다.

"그게 무슨 말인가!"

"그 가격엔 이제 안 판다고요."

"……그, 그런!"

"그러니까, 아까 판다고 할 때 사셨어야죠. 누가 의심하랬나요? 이제 우리의 돈독했던 믿음은 왕창 깨졌고, 덕분에 찢어진 제 자존심은 완전히 걸레가 됐네요. 그러니까,

꼭 사시려거든 돈을 더 내셔야겠어요."

으득.

"정말 이러긴가?"

"이럴 거예요."

갈천성이 택중을 노려보았다.

하지만, 잠시뿐.

그는 생각했다.

'신기자의 전인이 틀림없는 자다. 그런 자가 아무 대비
도 없이 이렇게 나올 리는 없다. 게다가 잘 생각해 보면 조
금 더 주더라도 물건이 비싼 것은 아니지 않은가! 무려 벽
련탄이 마흔 개가 생기는 건데. 그리고……'

다른 물건들도 가지고 있을지 알 수 없지 않은가.

어쩌면 지금 보여 준 것들은 그저 맛보기에 불과하고 진
짜는 따로 있을지도 모른다.

갈천성은 어느새 마음을 진정했다.

그리고 물었다.

"크흑…… 좋네! 얼마면 되겠나?"

"하나에 육천 냥씩."

순식간에 곱빼기가 되었다.

그럼에도 갈천성은 고개를 끄덕이지 않을 수 없었다.

"……알겠네."

그렇게라도 사는 게 훨씬 이익이라고 생각하는 갈천성이

었던 것이다.

반면 고택중은 그제야 화가 풀린다는 듯 얼굴이 풀어졌다.

그렇게 부탄가스 건에 대한 얘기를 마무리 지었을 때였다.

쾅쾅쾅!

담장 밖이 소란스러워지는가 싶더니 누군가 대문을 두드리고 있었던 것이다.

택중이 나가서 문을 열어 주자, 일단의 무리를 이끈 무사 하나가 모습을 드러냈다.

'폭발 때문에 놀라서 몰려온 모양이네.'

택중이 멋쩍은 표정을 지어 보이고 있을 때, 무사가 앞으로 성큼 나섰다.

그러곤 포권을 취하곤 이내 외쳤다.

"련주님께서 찾으십니다!"

"련주님께서?"

갈천성이 무슨 일인가 싶어 되물었다가 이내 다시 말했다.

"돈은 최대한 빨리 보내겠네."

"황금으로요."

"알겠네."

택중이 환한 미소를 머금자, 갈천성이 한차례 고개를 내저었다.

"조만간 다시 들리겠네."

"언제든 환영입니다~! 고객님!"

그때 은설란은 무사를 향해 전음을 날리는 중이었다.

─무슨 일이죠?

무사는 은설란보다도 직급이 낮았기에 대답할 수밖에 없다. 그리고 숨겨야 할 만큼 기밀도 아니었다.

─항주지단을 정도맹이 급습했다는 소식이 조금 전에 전해졌습니다. 아마 그 일 때문이 아닌가 합니다.

'내가 여기 있는 동안 그런 일이 있었구나!'

하지만 상관없었다.

흑사련과 정도맹 사이는 흡사 개와 원숭이의 그것 같아서 늘상 지지고 볶고 싸우길 거듭하고 있었기 때문이다.

대체로 흑사련이 밀리는 편이었지만, 그래도 항주지단이라면 안심할 수 있을 터였다.

그곳에 집중되어 있는 전력이 만만치 않기에.

그럼에도 정도맹은 매번 항주지단을 노리고 쳐들어오고 있었다. 그만큼 항주지단이 요충지란 얘기였다.

아마도 이번에 일어난 일도 그런 일 중 하나일 게 뻔하다.

그녀는 조금도 개의치 않으며 고개를 끄덕였다.

그제야 무사는 그녀에게 인사를 한 뒤 돌아섰다.

갈천성을 쫓아 무사들이 사라지고 난 뒤, 남게 된 두 사람이었다.

택중이 고개를 돌려 은설란을 바라보았다.

"안 가요?"

대답 대신 들려온 것은······.

꼬르륵.

'이게 누굴 거덜 내려고 그러나!'

잠시 인상을 굳히던 택중이 막 화를 내려던 찰나, 은설란이 말했다.

"황금······."

"······?"

"제 꺼도 역시 그렇게 받을 건가요?"

"아! 그건······."

자신을 물끄러미 바라보는 은설란을 향해 택중이 크게 말했다.

"당연하죠!"

그 모습에 은설란이 알겠다는 고개를 끄덕였다.

그러곤 그 자리에 선 채 움직이질 않는 그녀였다.

그러자 택중이 묻지 않을 수 없었다.

"또 있나요?"

어째서 가지 않느냐고 묻는 셈이었다.

그녀가 대답했다.

"배고파요."

'저걸 그냥…… 손님만 아니면 확 소금이라도 뿌려 주겠는데!'

하지만, 그럴 수는 없는 일.

택중이 한숨과 함께 말했다.

"휴! 들어가죠."

'생긴 건 예쁘게 생겨 가지고……. 하여간 예쁜 것들이 이슬만 먹고 산다는 건 몽땅 다 구라라니까!'

그래도 그렇지. 저건 먹어도 너무 먹는다.

그러고도 저런 몸매라니!

완전 사기 아닌가!

저런 걸 데리고 살 남자가 안쓰럽다.

벌은 건 몽땅 저거 뱃속으로 사라질 테지.

'쯧쯧쯧.'

성큼 안으로 들어선 택중의 바로 뒤에 은설란이 바짝 따라붙고 있었다.

마치 바늘을 따라가는 실처럼.

　　　　*　　　　*　　　　*

은설란과 함께 라면을 끓여 먹고 얼마 지나지 않아서였다.

바깥에서 소란스러움이 전해지더니 이내 일단의 무사들이 들이닥쳤다.

"조심해라! 떨어뜨렸다간 다 뒈질 줄 알아!"

선두에선 사내가 고래고래 소리를 지르는 사이, 여행용 캐리어만 한 궤짝 하나가 안방으로 옮겨졌다.

무슨 일인가 싶어 그들을 바라보던 택중은 사내의 낯이 익은 걸 알아차렸다.

처음 이곳으로 타임 슬립 해 왔을 때 들이닥쳤던 텁석부리의 거한이었다.

한차례 당한 게 있던지라 택중이 그자를 쏘아보고 있을 때였다.

사내가 다가와 포권을 해 보였다.

"그때는 실례가 많았소!"

"……?"

"나, 탁일상이라 하오. 앞으로 잘 부탁하겠소."

"……그러죠."

택중이 마지못해 대꾸하자, 탁 대주가 종이 한 장과 붓을 내밀었다.

"이게 뭐죠?"

"물건을 잘 받았다는 걸 확인해 주셔야 합니다."

"흠, 그래요?"

짚이는 바가 있었던 택중이 궤짝 앞으로 갔다.

그러곤 크게 숨을 들이마시다가 궤짝 뚜껑을 열었다.

"헉!"

싯누런 황금이 돛 없는 배 모양을 한 채 그득 차 있는 게
아닌가!

네모 반듯한 금괴와는 조금 다른 금원보였다.

그걸 아는지 모르는지, 택중은 주먹만 한 금원보 하나를
집어 들어 이빨로 콱 물었다.

그러곤 이빨 자국이 선명한 금원보를 보고는 벌어진 입
을 다물지 못했다.

뿐만 아니라 속에서 밀고 올라오는 웃음을 참기 위해 무
던히도 애써야 했다.

'드, 드디어 나 고택중의 인생이 활짝 피는구나! 진아!
이 오빠가 마침내 해냈다!'

웃음을 참느라 얼굴 근육이 마비될 지경에 이르렀을 때,
탁 대주가 다시금 확인 서류를 내밀었다.

스스스슥.

익숙하지 않은 붓질을 끝내고 칼과 부탄가스를 넘겨 주
고 나자, 탁 대주가 다시 말했다.

"혹시 모르니 지켜 드리란 명이 있었소."

"안 그래도 되는데……."

"아니오. 대인께 황금이 들어갔다는 소문이라도 난다
면……."

기실 탁 대주가 갈천성으로부터 받은 명령은 조금 달랐다.

택중이 이번 거래를 끝으로 도망이라도 갈까 봐 걱정한 갈천성이 감시조로 그들을 붙여 놓은 것이다.

그러나 사정이야 어찌 되었든, 택중은 속으로 웃을 뿐이었다.

'후훗! 나, 내일이면 여기 없거든요?'

당연히 황금도 함께 여길 떠날 터였다.

물론 모레면 다시 돌아오겠지만, 그사이 황금은 건물로 탈바꿈해 있을 터였다.

"그러세요, 그럼."

좋은 게 좋은 거라고, 지켜 주겠다는데 싫다고 할 이유는 없다.

택중이 고개를 끄덕인 뒤, 탁 대주가 이끄는 무사들이 집 밖을 에워싸는 동안 은설란은 떠나며 말했다.

"내일 올게요."

'헹! 내일? 나 여기 없다니까!'

마침내 집안에 혼자 있게 되자, 택중이 미소와 함께 궤짝을 향해 몸을 던졌다.

그러곤 두 손 두 발로 궤짝을 감싼 채 참았던 웃음을 터뜨렸다.

"크헤헤헤헤! 황금이다! 황금!"

그 모습이 꼭 판다곰 한 마리가 커다란 공에 매달려 뒹굴
거리는 듯 보였다.

그렇게 얼마나 매달려 있었을까.

밤은 깊어만 가고 있었지만, 택중은 잠들 생각이 없는 듯
했다.

하지만, 계속해서 그러고 있을 수만은 없는 법.

'아침에 일어나면 곧장 건물 하나를 사는 거다!'

생각하면 할수록 기분이 좋았던 그는 그 상태 그대로 눈
을 감았다.

피곤했는지 금세 잠이 쏟아졌다.

어느새 그의 입가엔 침이 흘러내리고 있었고, 꿈속에서
그는 이미 테헤란로에 있는 이십 층짜리 빌딩의 주인이 되
어 있었다.

그리고 마침내 날이 밝았다.

우우우웅.

진동이 몇 차례 울린 뒤 알람이 터졌다.

오빠 언능 일어나! 아잉~ 언능~!

알람 소리에 눈을 뜬 택중이 잠시 정신을 차리지 못했다.

그러다 자신이 궤짝 위에 올라가 있다는 사실을 깨닫고
는 입이 함지박만 해졌다.

곧이어 음흉한 웃음소리가 흘러나왔다.

"헤헤헤헤……."

결국, 입술 사이로 비집고 나오는 웃음을 참지 못하고 터뜨리고 마는 택중이었다.

"푸하하하하! 만세! 난 부자다!"

혹여 누가 본다면 절로 인상을 쓰고 말 정도로 흉한 모습이었지만, 그게 무슨 상관인가!

아니, 솔직히 말해서 상황이 이 정도 되면 누군들 이러지 않겠느냐 말이다!

게다가 방 안에는 그 말고는 아무도 없는데 누가 그더러 뭐라고 할 것인가!

택중은 기분 좋게 소리쳤다.

"가자! 테헤란로로!"

그때였다.

"테헤란로?"

등 뒤에서 들려오는 익숙한 목소리.

화들짝 놀란 택중이 잽싸게 고개를 돌렸다.

그러곤 궤짝을 껴안은 채로 돌이 되고 말았다.

"다, 당신이 왜!"

잠시 후 택중이 떨리는 목소리로 외쳐 물었고, 그녀가 별스럽다는 듯 되물었다.

"오늘 다시 온다고 했잖아요."

그녀, 은설란이 눈앞에 서 있었던 것이다.

'그, 그렇다면……?'

벌떡 일어난 택중이 집을 뛰쳐나갔다.

맨발로 마당을 가로질러 대문을 열어젖힌 그의 눈에 비친 것은…….

풀썩.

제자리에 무너지듯 주저앉는 택중이 중얼거렸다.

"마, 망했다!"

제7장
나 돌아갈래!

택중은 부들거리며 지금의 심정을 자신이 표현할 수 있는 온갖 표정으로 대신했다.

시시각각 변하는 그의 표정은 매번 달랐지만 따지고 보면 결국 하나였다.

가진 걸 모두 잃은 자의 표정.

그걸 말로 내뱉자면 다음과 같을 터였다.

망할!

젠장!

썩을!

금방이라도 입술 사이로 터져 나올 것 같은 단어들이 그의 온몸에서 기이한 열기가 되어 번지고 있었던 것이다

그 모습을 얼마간 뒤에서 이상하다는 듯 바라보던 여인,
은설란이 끝내 고개를 갸웃거렸다.

"대체 무슨 일인데 그래요?"

대답은 들려오지 않았다.

그저 망연자실 말없이 서 있을 뿐인 택중이었다.

그럴 수밖에.

눈에 보이는 것은…….

'달라진 게…… 없어?'

담장 너머의 풍경은 어제와 똑같았던 것이다.

현대로 돌아갔더라면 허허벌판이 펼쳐져 있어야 할 곳에
선 여전히 수많은 건물을 짓고 있는 사람들로 넘쳐나고 있
었다.

파르르.

택중의 눈가가 경련을 일으켰다.

그러다 끝내 고개를 푹 숙인 택중.

한동안 그 상태가 계속되자, 심상치 않은 느낌에 은설란
이 막 다가서려는 찰나였다.

"크큭……."

택중에게서 들려오기 시작한 기묘한 소리.

그 시작은 몹시 작았으나 점차 커지고 있었다.

"크크크……."

급기야 은설란이 앞으로 다가섰을 땐 커다란 웃음이 터

져 나왔다.

"크헤헤헤헤헤!"

마치 실성한 사람처럼 허리를 비틀며 웃고 있는 그를 은설란이 의아하게 바라보았다.

그녀의 눈가가 대번에 가늘어진 것은 어쩌면 당연한 일이었다.

그 순간이었다.

번쩍!

웃음을 뚝 그치고 눈을 크게 뜬 택중이 고개를 바짝 쳐들었다.

"……!"

그 모습에 은설란의 눈동자가 일렁였다.

택중의 눈가에 반짝이는 물기를 본 것 같았기 때문이다.

그 순간 택중의 입에서 절규가 터져 나왔다.

"나! 돌~ 아갈래애애애애애!"

                    *   *   *

한편 항주에서 그다지 멀지 않은 곳에 위치한 관제묘 안에선 서른 명 남짓한 사내들이 모여 앉아 있었다.

모두 얼굴에서 참담한 표정을 지우지 못한 채 고개만 숙이고 있었는데, 그들의 몰골은 그야말로 처참했다.

어디 진흙 밭에서 구르고 온 건지 입고 있는 옷들은 잔뜩 더러워져 있었고, 여기저기 옷들이 찢어지며, 드러난 살갗에선 핏물이 흐르고 있었던 것이다.

특이한 것은 그들의 왼쪽 가슴에 주먹만 하게 새겨진 글자였다.

련(聯)

칼 한 자루와 함께 검은색으로 수놓아진 글자는 먼지와 핏물로 말미암아 흐릿하게 변해 있었다.

그들은 흑사련 항주지단의 무사들이었다.

"휴우!"

어딘가에서 긴 한숨 소리가 흘러나온 것은 그로부터 얼마 지나지 않아서였다.

그러나 그뿐이었다.

이후로도 간간이 한숨 소리만이 들려왔을 뿐 어디에서도 말소리는 들려오지 않았다.

그러다 갑자기 터진 고함.

"제기랄!"

누군가 소리치며 자리에서 벌떡 일어서고 있었다.

텁석부리 장한이었는데, 흡사 삼국지에 나오는 명장 장비를 연상케 하는 모습이었다.

그가 소리쳤다.

"이러다가 말라죽겠소! 차라리 다시 쳐들어가서 항주를 되찾읍시다!"

그의 외침이야말로 모두가 원하는 것이었던가.

흑사련 항주지단의 무사들 모두가 눈을 번뜩이는가 싶었다.

하지만 그도 잠시뿐이었다.

"무슨 수로?"

어느 샌가 고개를 쳐든 장년인 하나가 어이없다는 듯 되묻자, 텁석부리 장한은 곧바로 대꾸하질 못했다.

그저 뭔가 하려던 말을 우물거리다가 결국 입을 꾹 닫고선 마른침만 삼킬 뿐이었다.

그런 그에게 장년인, 그러니까 이곳 항주의 흑사련 지단을 책임지고 있던 단주 독고비(獨孤飛)가 다시 물었다.

평소 흑도 무림인답지 않은 온화한 성품답게 둥글둥글한 얼굴을 한 그였다.

"우리 아이들이 죽고 남은 게 겨우 서른인데 겨우 이 숫자로 놈들과 맞서자고 했는가? 개떼처럼 몰려온 놈들의 수가 얼마인지 몰라서 그러나? 지금 자네는 우리더러 아무 희망도 없는 일에 목숨을 걸고 달려들어 모조리 죽자고 말하고 싶은 겐가?"

"형님! 말씀이 지나치시우! 제가 언제 그렇게 말했소이까! 제 말은…… 그러니까 제 말은…….”

털석부리 장한의 말은 이어지지 않았다.

자신이 생각해도 불가능한 일임을 알고 있었기 때문이리라.

결국, 그는 고개를 숙이고 말았다.

그리고 선 채로 돌처럼 굳어 움직이질 않았다.

반면 독고비는 핏발이 선 눈으로 장한을 응시한 채 한동안 말이 없었다.

원래대로라면 이곳에 있는 누구도 감히 흑사련의 지단주인 그에게 이런 식으로 따져 물을 수는 없을 터였다.

그러나 지금은 그걸 따질 게재도 아니었고, 뿐만 아니라 원래부터도 털석부리 장한을 비롯한 몇 명과는 평소 형제처럼 지내 왔기에 가능한 일이었다.

그러니 지금처럼 급박한 상황에서, 그것도 목숨 줄이 간당간당한 처지에 그런 걸 따질 독고비가 아니었다.

독고비가 다시 말문을 열었다.

“곽 아우. 잘 들으시게. 이제 항주는 우리 흑사련의 것이 아니네. 분하겠지만, 지금은 그 사실을 깨달아야 할 때란 말이네. 놈들이 저렇게까지 몰려올 줄은 꿈에도 생각지 못한 우리의 잘못이니 그 누굴 탓하겠나.”

그랬다.

그간 항주를 놓고 흑사련과 정도맹에선 사오 년마다 한

번씩 뺏고 빼앗기는 싸움을 벌여 왔었다.

비단 항주만은 아니었다.

대륙 각처에서 이와 같은 일이 비일비재하게 일어났다.

어찌 되었든 항주만 놓고 보자면, 싸움이 그치질 않았고, 그때마다 이기기도 하고, 지기도 했지만, 이번만은 달랐다.

오백.

그간 벼르고 있었던지 정도맹에서 이번에 투입한 무사들의 수가 무려 오백 명이었던 것이다.

오백 명이면 어지간한 대문파가 지닌 전력에 버금가는 숫자 아닌가.

대체 정도맹에선 무슨 생각을 하고 있는 건지, 항주 하나 빼앗는데 이처럼 대규모의 무사들을 동원했던 것이다.

반면 흑사련에선 그 정도로 대규모의 무사를 항주에 급파할 능력 따윈 없었다.

기실 중원 각처에서 벌어지고 있는 정도맹과의 싸움에서 숫자로 이득을 보아 온 것은 오히려 흑사련이라 할 수 있었다.

그럼에도, 승률은 삼 할에도 미치지 못했다.

그만큼 정도맹이 보유하고 있는 고수들의 수가 흑사련을 넘어서고 있다는 얘기.

그런 마당에 지금처럼 '개떼처럼' 몰려와 항주를 점거하고 있는 정도맹의 고수들을 몰아내는 일은……,

절대로 불가능할 터였다.

그것도 앞으로 영원히.

"제…… 젠장!"

텁석부리 장한이 주먹을 움켜쥐며 울분에 차서 소리치자, 그의 동료들 역시 고개를 더욱 숙인 채 어깨를 떨어 댔다.

분해서 어쩔 줄 모르는 건지, 아니면 다른 이유가 있는 것인지, 관제묘 안에 무거운 정적이 그들을 짓누를 듯 내려앉아 있었다.

"모두 잘들 들어라."

또다시 독고비의 음성이 흘러나온 것은 일각여쯤 지났을 때였다.

여전히 고개를 쳐들지 않은 채 그의 음성을 듣고 있을 뿐인 흑사련의 무사들이었다.

그러거나 말거나 독고비는 계속 말했다.

"이제 얼마 뒤면 지원 병력이 도착할걸세."

이미 짐작하고 있는 일이었다.

대륙에 산재한 수많은 도시 가운데 가장 번창한 도시가 항주이니, 본 련에서도 이대로 넘어갈 리가 없었던 까닭이다.

상황이 어렵다지만 아무런 대응도 하지 않고 넘어가기엔 항주가 지니는 가치가 너무 컸기 때문이다.

"우리가 보낸 급전은 이미 도착하고도 남았을 터. 어쩌면 지원병이 모레쯤이면 올는지도 모를 일이지.”

항주를 빼앗긴 과정에 대해 세세하게 적어 보냈으니, 흑사련의 군사가 바보 천지가 아니라면 틀림없이 적잖은 숫자의 무사들을 파견할 게 빤했다.

적어도 삼백 명은 훌쩍 넘은 숫자를 보내 올 테고, 그 숫자가 이곳까지 오려면 수십 명이 움직이는 것보다 곱절의 시간은 더 걸릴 터였다.

그래 봐야 항주를 탈환하기엔 중과부적이겠지만 말이다.

“그래서 말인데…… 이쯤에서 우린 선택해야만 하네.”

“……?”

“이대로 지원 병력을 기다릴 건지. 아니면 이제라도 살길을 찾아 여길 떠날 것인지.”

독고비를 바라보는 텁석부리 장한의 눈은 휘둥그레지고 말았다.

말인즉슨 도망치자는 얘기에니 어찌 놀라지 않을까.

뿐만 아니라 당황했는지 입술만 달싹거릴 뿐 아무런 말도 하지 못했다.

그를 향해 독고비가 쓴웃음을 지어 보이다가 고개를 내저었다.

“그런 표정 짓지 마시게, 곽 아우. 옛말에도 있지 않던가. 청산이 푸르른 한, 장작이 마를 일은 없다고.”

“그게 무슨 말입니까! 형님! 지금 항주를 버리고 도망가

잔 말을 하고 싶은 겁니까! 엉?"

잠시 침묵이 흐르고 독고비가 고개를 끄덕였다.

"맞네."

"어떻게 그런 말을! 아무리 우리가 흑도에 몸담고 있다지만, 우리도 우리대로 의리란 게 있소! 그런데 대형은 지금 우리더러 꽁지 빠진 개처럼 도망가잔 말을 하는 겁니까!"

쾅!

독고비의 주먹이 관제묘의 마룻바닥을 때리는 순간, 텁석부리 장한은 그만 입을 닫을 수밖에 없었다.

"함부로 말하지 마라! 곽풍!"

독고비는 콧잔등에 선명한 주름을 만들어 내며 소리치고 있었다.

"지금 본 련의 사정으로는 절대로 저들만큼의 무사들을 보낼 수 없다! 설사 여기저기서 긁어모아 숫자를 맞춘다 한들, 어중이떠중이들로 이룬 무사들로 정도맹의 고수들을 어떻게 이긴단 말인가! 좋다, 네 말대로 이런저런 생각 없이 쳐들어간다고 치자. 그런들 뭐가 달라진다는 것이냐!"

잠시 말을 끊어 낸 뒤 텁석부리 장한, 곽풍을 쏘아보던 독고비가 다시 소리쳤다.

"곽풍!"

또다시 자신을 부르는 독고비의 외침에 곽풍이 입술을

깨무는 순간, 서릿발 같은 고함이 터져 나왔다.

"죽으려면 혼자 죽어라!"

"크윽!"

"네놈 눈에는 여기 있는 형제들은 보이지 않는 것이냐! 저들의 가슴속에는 네놈과 같은 분노가 없는 줄 아느냐! 네놈만이 의리를 아는 사내라고 외치고 싶은 것이냐!"

외쳐 묻는 독고비에게 곽풍은 아무런 대꾸도 할 수 없었다.

자신도 모르게 휘둘러 본 장내.

그 속에서 참담한 표정으로 자신을 올려다보는 형제들을 보니 더 이상 할 말이 떠오르지 않았던 것이다.

으득.

자신도 모르게 이를 갈고만 곽풍이었지만, 그는 끝내 아무런 말도 하지 못하고 고개를 숙이고 말았다.

바로 그때였다.

두두두두두두두두.

바닥으로부터 진동이 느껴졌다.

"응?"

독고비의 눈썹이 곤추섰다.

자리에서 벌떡 일어난 그가 번개처럼 손을 쳐들자, 흑사련의 무사들이 잽싸게 몸을 날려 벽 쪽으로 붙었다.

히이이이잉!

말 울음소리가 들리고 난 뒤, 몇 호흡 지나지 않을 때까지 모두는 긴장을 떨쳐 내지 못한 채 마른 침을 삼켜야 했다.

얼마 뒤, 문 너머에서 익숙한 암구호가 들려왔다.

"개천!"

눈빛을 반짝이는 독고비와 곽풍.

두 사람이 마주 보며 거의 동시에 고개를 끄덕이다가 독고비가 몸에 힘을 빼며 말문을 열었다.

"출룡!"

사전에 말을 맞추어 놓은 암구호가 틀리지 않자, 저쪽에서 서슴없이 문을 열었다.

드륵.

문이 열리고 모습을 드러내는 자들.

"휴우!"

안쪽에 있던 항주지단의 무사들이 안도의 한숨을 내쉬었다.

문밖에 서 있는 자들의 왼쪽 가슴에 새겨진 '련'이라는 글자만으로도 안심이 되는 그들이었다.

반면 독고비가 눈가에 이채를 머금고 있었다.

'어찌 이처럼 빨리 온 거지?'

아무리 빨라야 모레쯤 당도하리라 여겼건만.

의구심 가득한 눈빛을 흘리던 독고비가 흠칫하더니 되물

었다.

"서, 설마 이게 다인 것이오?"

그의 눈동자에 비친 지원 병력.

아무리 많게 잡아야 삼십 명을 채 넘지 않을 것 같은 무사들을 보며 독고비의 눈빛이 크게 흔들리고 있었다.

'제법 실력 있는 자들로 보이긴 하지만…….'

일기당천은커녕 일당십의 고수들도 아닌 것으로 보이는데…….

'포기한 것이군.'

군사 갈천성이 련 내의 눈을 의식해서 그저 지원병을 급파한 시늉만 낸 것이리라.

독고비의 얼굴에 짙은 그늘이 생겨났다.

'정말 떠나야 할 때인가 보군.'

그 순간, 한 사내가 앞으로 나섰다.

곱상하게 생긴, 그러나 무시할 수 없는 눈빛을 지닌 사내였다.

"단주께선 안심해도 됩니다."

"……?"

"항주지단을 탈환하는 덴……."

씨익.

비릿한 미소를 입꼬리에 매달며 사내가 단언했다.

"충분한 숫자니까요."

　　　　*　　　　*　　　　*

　흑사련 깊은 곳의 모처.

　갈천성을 중심으로 탁자를 둘러싸고 앉아 있던 장로들은 하나같이 어안이 벙벙한 표정을 짓고 있었다.

　그러다 끝내 누군가가 참지 못하고 소리쳤다.

　"군사! 나는 도무지 납득할 수가 없소이다!"

　"그야……."

　갈천성이 빙그레 웃었다.

　"하는 수 없는 일이지요."

　"허! 지금 군사께선 우리를 무시하는 것이오?"

　"그럴 리야 있겠습니까?"

　"하면 뭐하자는 게요? 저들이 항주에 밀어닥친 것이 나흘 전이라 했소. 뿐만 아니라 밀고 들어온 고수들의 숫자가 무려 오백 명이라 하더이다. 한데 군사께선 겨우 삼십 명의 무사들을 급파했다고 하셨소. 뿐만 아니라 아마도 지금쯤이면 항주에 당도했을 거라고 하지 않았소? 혹 내가 귀가 어두워 잘 못 들은 것이오?"

　고개를 내젓는 갈천성이었다.

　그러곤 너구리처럼 싱긋이 웃더니 말문을 열었다.

　"신 장로님의 말씀은 조금도 틀리지 않았소이다."

꾸욱.

주먹을 말아 쥔 채 힘을 불어넣은 신 장로가 얼굴이 시뻘
게져서 다시금 소리치려는 찰나였다.

"싸움이란 말입니다."

"……?"

갈천성이 미소를 잃지 않은 채 말하자, 신 장로가 '어디
할 말이 있으면 해 봐라!'란 얼굴이 되어 그를 바라보았다.

그러거나 말거나, 갈천성이 여유롭기 그지없는 눈빛으로
좌중을 둘러보며 다시 물었다.

"머릿수로만 하는 게 아니지 않습니까?"

"그야…… 아주 틀린 말은 아니지만……."

중원에서 벌어졌던 수많은 싸움을 되짚어 보면 갈천성의
얘기도 일면 맞는 구석이 있다는 걸 인정할 수밖에 없다.

아니, 오히려 건곤일척의 싸움에서 곱절이 넘는 적군을
물리치고 새로운 역사를 이룬 경우는 차고 넘쳤다.

하나 그것이 지금의 상황을 이해하게 만들어 주지는 않
는다.

무림(武林).

그저 신력과 투기만으로 창과 방패를 맞대고 벌이는 싸
움과는 궤가 다른 싸움을 하는 곳.

그런고로 내공과 신공으로 똘똘 뭉친 고수들이 날듯이
움직여 상대의 목을 베어 버리는 신묘한 세상에서 가장 준

요한 것은 고수다.

단 한 명의 절대 고수만으로도 전세가 뒤바뀌는 경우는 숱한 것이다.

그러나 이마저도 엇비슷하면 결국 머릿수로 승패가 결정되는 법.

더욱이 흑사련에 있어서 부족한 것은 상승의 무예를 연마한 고수들만이 다는 아니다.

그 아랫줄에 있는 무사들의 질을 놓고 보면 현저히 정도맹에게 밀리고 있는 흑사련이었다. 그러니 같은 수의 병력을 투입한다고 하더라도 쉽지 않은 상황.

그럼에도 지금 항주를 되찾기 위해 갈천성이 취했다는 조치가 도저히 이해가 되지 않을 수밖에.

신 장로를 비롯한 많은 장로의 얼굴에 짙은 그늘이 드리워질 수밖에 없는 이유였다.

"본 로가 아무래도 군사를 잘못 본 모양이요."

신 장로는 어깨를 늘어뜨린 채 눈을 감았다.

그걸로도 모자랐는지 고개를 내저으며 중얼거렸다.

"망조가 들었어. 망조가……."

그 모습을 물끄러미 바라보던 갈천성이 맑은 웃음을 지어 보이며 품속으로 손을 집어넣었다.

그리고 빠져나온 그의 손에는…….

"……?"

"⋯⋯?"

"⋯⋯?"

"⋯⋯?"

모두의 눈동자에 기이한 눈빛이 떠오른 순간 갈천성이 나직하게 말했다.

"싸움은 이긴 거나 다름없소이다."

*   *   *

저벅저벅.

발걸음 소리가 마당을 지나 현관문 안으로 들어왔을 때, 은설란은 소리 없이 자리에서 일어났다.

이미 발소리의 주인이 누군지 짐작하고 있었기 때문이다.

돌아선 그녀가 고개를 숙여 보이자, 갈천성이 말했다.

"아직도 저러고 있는 것인가?"

그가 물었지만, 은설란은 굳이 대답할 필요성을 느끼지 못했다.

대신 갈천성의 시선을 쫓아 대청마루 구석으로 눈길을 주었다.

마루 모서리, 햇볕 한 줌 들어오지 않는 구석탱이에는 새 끼 곰처럼 둥그렇게 등을 말고 쭈그려 앉은 사내가 있었다.

택중이었다.

"벌써 반나절 동안 저 상태라 했던가?"

"예. 아무래도 저희가 모르는 뭔가가 있는 모양이에요."

"흐음. 대체 무슨 일이기에……."

장로들과 회의를 마치고 난 뒤 흑사련주와 독대하며 함께 웃었던 그다.

이미 항주를 되찾은 것이나 진배없다는 듯 서로에게 축하 인사까지 마친 후 자신의 거처로 향하고 있을 때 은설란으로부터 소식을 접했던 것이다.

택중이 다 죽어 가게 생겼다는 얘기였다.

변고라면 변고라 할 수 있는 상황에 갈천성이 서둘러 이곳으로 왔음은 당연했다.

그만큼 택중은 그에게 있어서 중요한 인물이었다.

이를 테면 보물 창고랄까.

하여튼 황급히 이곳에 와서 보니 택중의 꼬락서니가 말이 아니지 않은가.

한데 그 원인을 알 길이 없으니 답답하기만 하다.

고개를 갸웃한 갈천성이 한 걸음 내디뎠다.

조심스레 택중에게 다가간 갈천성이 택중을 불렀다.

"이보게."

대답은 들려오지 않았다.

갈천성이 다시 불렀다.

"이보게, 정신 좀 차리게."

그러면서 택중의 어깨를 툭 치는 갈천성.

움찔.

어깨가 꿈틀하는가 싶더니 서서히 움직이기 시작하는 택중의 머리.

스르르르.

마치 목뼈가 없는 듯 너무나 부드럽게 돌아가고 있었다.

그리고 드러난 택중의 얼굴.

"헉!"

갈천성이 저도 모르게 뒤로 물러나고 말았다.

"자, 자네……!"

눈 밑에 드리워진 다크 서클이 짙다 못해 시퍼렇다.

뿐만 아니라 푸석푸석해진 얼굴 위로 드러난 눈동자엔 초점마저 흐려져 있었다.

거기에 더해 살짝 벌어진 입에서는 침까지 살짝 흐르고 있었지만, 정작 본인은 그걸 모르는 모양이었다.

그런 상태로 갈천성을 바라보는 택중의 눈빛은…….

'누구세요?' 하고 묻고 있는 듯했다.

갈천성은 그야말로 깜짝 놀라지 않을 수 없었다.

'설마…… 주, 주화입마의 전조?'

무공을 익힌 자들에겐 숙명처럼 따라다니는 부작용, 주화입마.

내공을 조금만 잘못 운용해도 내부의 기운이 폭주해 뇌

를 잠식하고 마는 무서운 상황.

갈천성의 두 눈에 비친 택중의 모습은 꼭 그렇게 보였다.

이대로라면 이지를 상실하는 것도 금방일 터.

어쩌면 이미 반쯤 미쳤을지도 모르는 일 아닌가!

갈천성은 당황하지 않을 수 없었다.

'안 된다! 아직 저놈에게 빼먹을 게 얼마나 많은데!'

수십 자루의 비도는 물론이거니와 벽력탄에 버금가는 열화비탄(부탄가스)을 보고는 너무나 기뻐하던 련주의 얼굴.

그 얼굴이 떠오르는 순간 갈천성의 안색이 시커멓게 죽어 버렸다.

일이 틀어지면 자신의 입지가 어찌 될 것인지는 너무나 빤했으니까.

'윽! 이대로 두어선 곤란하다!'

갈천성의 눈가에 결연한 빛이 떠올랐다.

택중의 맥문을 짚고 내부를 들여다보고 어쩌고 할 여유 따윈 없었다.

한시가 급했던 것이다.

휙!

바람처럼 몸을 날린 갈천성이 택중을 돌려 앉히곤 서둘러 손을 쓰기 시작했다.

타다다다다다닥!

그야말로 번갯불에 콩 볶듯이 택중의 온몸을 두드리기

시작하는 갈천성.

택중의 혈맥에 깃든 혼탁한 기운을 몰아내려 한 것이다.

얼마나 심혈을 기울이는지 어느새 그의 이마에는 땀방울이 송골송골 맺혀 있었다.

하지만 갈천성은 조금도 개의치 않았다.

'반드시 살려 낸다!'

택중이 죽은 것도 아니건만, 그는 결의에 찬 얼굴로 내공을 실은 손으로 택중의 혈도를 격타해 나갔다.

그때였다.

"끄아아!"

택중이 고통에 차서 부르짖었다.

"⋯⋯!"

깜짝 놀란 갈천성은 주춤하지 않을 수 없었다.

두 사람을 바라보던 은설란 역시 걱정스러운 표정을 짓고 말았다.

그때 택중이 소리쳤다.

"아파!"

"응?"

"아파! 아파! 아프다고!"

잡아먹을 듯 자신을 쏘아보는 택중을 갈천성이 어이없다는 듯 쳐다보았다.

'주화입마가 아니었던가?'

"큼, 미안하이. 난 그저 자네가 걱정돼서 말이네."

갈천성이 겸연쩍은 얼굴로 사과했지만 택중은 더 이상 반응하지 않았다.

다시금 표정 없는, 아니, 풀죽은 얼굴이 되어 돌아앉았다.

스르르륵.

갈천성을 무시하듯 다시금 고개를 돌려 눈을 감더니 그대로 웅크렸다.

그런 그를 보다 말고 갈천성이 몸을 일으켰다.

"쯧쯧, 대체 무슨 일이 있는지는 모르지만, 기운을 내게. 인생을 조금 더 산 선배로서 하는 말이네만, 대개 눈앞에 닥친 어려움이란 게 나중에 보면 실로 간단하다고 할 수 있네. 일이 지나고 나서 되돌아보면 의외로 별것 아닌 때도 있고, 그렇지 않더라도 그 일이 벌어지게 된 까닭이 아주 작은, 그러니까…… 미처 보지 못하고 지나친 것으로 인해 일이 틀어지는 경우가 다반사일세."

그때 택중은 거의 의식이 없다고 할 수 있을 정도로 넋을 잃고 있었지만, 그렇다고 해서 갈천성의 얘기를 듣지 않고 있던 것은 아니었다.

정확히는 갈천성의 음성이 제멋대로 택중의 귓속으로 파고들고 있었던 것이지만, 아무려면 어떤가.

갈천성의 얘기는 택중의 마음속에서 한 가닥의 의구심을

불러일으키기에 충분했다.

'일이 벌어진 까닭……?'

그제야 그는 자신이 왜 이곳에 있게 되었는지. 무엇 때문에 여기로 오게끔 되었는지 한 번도 생각해 보지 않았다는 걸 깨달았다.

그러고 보니, 포털 사이트의 게시판에서도 그와 같은 얘기들이 오가지 않은가.

타임 슬립을 하는 데는 반드시 매개체 혹은 에너지가 필요하다고.

한 번 떠오른 생각은 좀처럼 그를 놓아 주지 않았다.

그가 비록 가방끈이 짧다지만, 앞뒤 사정을 헤아리지 못할 만큼 멍청하지도 않았다.

아니, 정상적으로 학교에 다녔더라면 수재 소리는 못 들었을망정 성적은 어느 정도 상위권에 들었을 그였다.

그러지 않았다면 빈손으로 시작해 십 년도 지나기 전에 번듯한 집 한 채를 어찌 살 수 있었겠는가.

더욱이 절체절명에 처했다고도 볼 수 있는 지금의 그는 무지무지 빠르게 머리를 굴리기 시작했다.

'뭔가 이유가 있을 거다!'

무슨 일이든 결과가 있다는 건 그전에 그만한 원인이 있다는 얘기. 그렇다면 여기로 오기 전의 상황을 따져 봐야 한다.

'이사를 오고 나서 생긴 일들…….'

그렇다. 이 집이 문제다.

아니, 원인이다.

가만, 꼭 이 집이라고 단정 지을 수도 없지 않은가.

그렇다면 집안에 있는 그 무언가가…….

어느새 그의 머릿속은 이 집안에서 보았던 풍경들이 스쳐 갔다.

'의외로 별것 아닌 것일 수도……?'

그중에서 이상한, 아주 조금이라도 자신이 고개를 갸웃하고 말았던 무언가를 떠올리려고 애썼다.

이처럼 그가 온 힘을 다해 머리를 굴리고 있을 때도 갈천성은 여전히 말을 끊지 않은 채 말하고 있었다.

"뭐든 필요하면 말만 하게. 내 전폭적으로 지원해 줌세. 그러니……."

그 순간 택중이 번쩍하고 눈을 떴다.

'그거다!'

벌떡.

"어이쿠! 이 사람 왜 이러나!"

용수철 튕기듯 자리를 박차고 일어난 택중의 머리에 하마터면 턱을 받칠 뻔했던 갈천성이 황급히 뒤로 물러났다.

하나 택중은 사과하기는커녕 그를 신경조차 쓰지 않았다.

후다다닥.

쏜살같이 달려가 은설란을 지나친 택중이 마루에서 뛰어 내렸다.

그러곤 안방으로 뛰어 들어가려는지 문손잡이를 잡아채다가 말고 고개를 돌렸다.

꾸벅.

갈천성을 향해 가볍게 고개를 숙여 보인 택중이 외치고 있었다.

"고마워요, 영감님!"

드륵, 쾅!

문을 열고 사라진 택중.

굳게 닫힌 미닫이문을 응시하던 갈천성이 중얼거렸다.

"여, 영감님?"

"킥!"

은설란이 웃음을 터뜨리다 말고 갈천성과 눈이 마주치자 아무 일 없다는 듯 고개를 돌려 버리고 말았다.

다락방으로 올라간 택중은 문을 열기 무섭게 콧속으로 밀고 들어오는 고약한 냄새에 코를 쥐고 말았다.

"크헉! 냄새!"

동물의 사체가 썩어 가는 냄새였다.

그제야 택중은 이런저런 일들이 벌어지는 바람에 미쳐 치우지 않았음을 깨달았다.

"그렇다고 이걸 까먹다니!"

하여튼 지금은 이게 문제가 아니다.

택중은 서둘러 계단을 밟고 올라갔다.

다락방에 올라 구석으로 시선을 던졌다. 그렇게 라디오를 노려본 것도 잠시.

그는 천천히 손을 뻗어 갔다.

까닭을 알 수 없는 한기가 치밀어 온몸이 부르르 떨려오는 그였다.

바로 그때였다.

찍찍!

갑작스레 들려온 소리에 택중이 깜짝 놀라 뒤로 넘어지고 말았다.

"깜짝이야!"

하지만, 그게 다였다.

어디선가 들려온 소리가 쥐가 내는 소리라는 걸 깨닫는덴 그리 오랜 시간이 필요치 않았다.

혹시나 싶어서 함부로 다가서지 않고 지켜만 보던 택중이었지만, 시간이 흘러도 라디오에서 아무런 소리도 들려오지 않자 그는 천천히 다가갔다.

그러곤 손을 뻗었다.

이윽고 그의 손이 라디오에 닿는 순간이었다.

움찔!

택중이 저도 모르게 움찔거렸지만, 라디오에선 아무것도

느껴지지 않았다.

"휴우!"

그제야 아무런 이상이 없다는 걸 확인한 순간, 그는 가슴을 쓸어내렸다.

그때부터 택중은 라디오를 두 손으로 들고 여기저기 살펴보기 시작했다.

"흠, 이상하네. 어째서 전원이 없는 거지?"

예전에도 느낀 것이지만 라디오는 코드도 없었고, 심지어는 전원 버튼도 없었다.

딸깍딸깍.

이 버튼 저 버튼을 번갈아 눌러보았지만, 라디오는 조금도 동작하지 않았다.

어쩌면 당연한 일이다.

애당초 전원이 공급되지 않아서 켜지질 않는 전자기기가 동작하리라고 생각하는 것 자체가 이상한 일이지 않는가.

택중은 시간이 지날수록 인상을 쓰지 않을 수 없었다.

갑자기 자기 자신이 한심스럽게 여겨졌기 때문이다.

"에휴! 그럼 그렇지. 이 이상한 고물 라디오가 작동한다는 게 말이나 되냐구! 그렇게 생각한 내가 미친놈이지!"

고개를 절레절레 흔들던 택중이 라디오를 막 내려놓으려는 순간이었다.

치지직!

"우왁!"

화들짝 놀란 택중이 또다시 뒤로 넘어가며 라디오를 놓치고 말았다.

휘익!

허공으로 떠오른 라디오를 보는 택중의 두 눈에 놀라움이 번져 갔다.

텅!

베니아 합판을 덧대어 만든 다락방 바닥이 울리며 라디오가 뒤집어졌다.

물건 귀한 줄 아는 택중이었지만, 지금의 상황은 그런 걸 신경 쓸 게재가 아니었다.

치지지지익.

뜨악!

택중의 얼굴이 시꺼멓게 죽는 것은 한순간이었다.

귓가를 파고들고 있는 소리는 틀림없이 들어 본 소리다.

전파를 잡지 못한 라디오가 치지직거리는 소리가 분명했다.

택중의 몸이 부들부들 떨리기 시작했다.

그의 얼굴은 마치 귀신이라도 본 듯한 얼굴이었다.

그럴 수밖에.

전원이 들어가지 않은 전자기기가 동작하고 있으니 어찌 놀라지 않을 수가 있을까.

자신이 현대를 떠나 과거의 중국으로 오게 된 것이 혹시 저 라디오 때문이 아닐까 하는 의심을 한 것은 맞지만, 정작 눈앞에서 기괴한 일이 벌어지자 온몸이 떨릴 수밖에 없게 된 것이다.

"마, 말도 안 돼!"

넋이 나간 듯 중얼거리던 택중은 불현듯 뭔가 떠오른 것이 있었던지 갑자기 눈을 빛냈다.

후다다닥.

네 발로 다락방을 기어가는 택중의 몸놀림이 예사롭지 않았다.

흡사 거미 인간이라도 되는 양 엄청나게 빠른 속도로, 라디오에 달려든 택중이 무서운 기세로 라디오를 움켜잡고 살피기 시작했다.

"밧데리! 밧데리를 찾아야 해!"

눈이 충혈 된 채 라디오를 뒤집어 가며 살피는 택중의 모습은 뭐랄까…….

아내가 바람 피우는 장면을 찍은 사진을 후벼 팔듯 노려보며 '절대 내 아내가 아닐 거야!' 라고 외치는 남편의 모습 같달까.

한마디로 택중은 실낱같은 희망의 끈을 찾아 맹렬히 라디오를 살피고 있었던 것이다.

그러나 없었다.

밧데리를 넣는 공간 따윈 어디에서도 찾을 수 없었다.

그럼에도, 그는 중얼거렸다.

"안쪽에 수은 전지가 있을 거야! 트, 틀림없어!"

털썩.

택중은 끝내 제자리에 주저앉으며 망연자실한 모습이 되고 말았다.

솔직히 그렇다.

설사 안쪽에 수은 전지가 있다손 치더라도, 이 집을 샀을 때부터의 시간을 생각하면 무려 한 달이 훌쩍 지나 있었다.

그 기간이면 라디오처럼 큰 덩치의 전자기기가 전기를 방출하는 덴 충분한 시간이라는 걸 택중은 잘 알고 있었다.

이미 마음속으로 라디오의 기괴함을 인정하고 있었지만, 택중으로선 도저히 현실을 인정하기 어려웠음인가.

급기야 그는 라디오를 들어 귓가로 바짝 가져갔다.

획획!

그러곤 마치 미친년처럼 라디오를 흔들었다.

하지만, 그런다고 뭐가 달라질까.

여전히 라디오에서는 치지직거리는 소리만 들려오고 있었다.

그때였다.

"무슨 일이에요?"

아래쪽에서 은설란의 목소리가 들려왔다.

그 덕택에 정신을 차린 택중이 서둘러 외쳤다.

"아, 아뇨! 아무것도 아니에요!"

바로 그 순간, 라디오에 불이 들어왔다.

반짝!

"응?"

그의 눈동자가 라디오 전면부에 있는 검고 기다란 화면에 꽂혔다.

거기엔 흐릿하게나마 디지털 숫자가 떠올라 있었다.

"뭐지?"

워낙 희미해서 읽기가 어려웠다.

치지지직.

그 순간 라디오가 다시 한 번 전파음을 흘렸고, 디지털 숫자가 또렷하게 떠올랐다.

붉은 글씨로 나타난 디지털 숫자는……

"일…… 십…… 백…… 천…… 만…… 십만…… 백만?"

희미한 숫자는 정확히 1,000,000이었다.

"백만?"

도대체 이게 무얼 뜻하는 거지?

택중이 눈을 껌벅거리며 의아해하는데,

"앗!"

디지털 숫자가 변했다.

999,999…… 999,998…… 999,997…… 999,996.

무서운 속도로 줄어드는 숫자.

그걸 본 순간, 택중은 까닭 모를 두려움에 사로잡혔다.

그 바람에 그는 자신도 모르게 소리 질렀다.

"안 돼애애애애!"

거의 본능적인 반응이었다.

하지만 그조차 어째서 자신이 절규에 가까운 고함을 내지르고 있는지 알지 못했다.

그만큼 택중은 라디오를 치켜든 채 처절하게 울부짖고 있었다.

하지만 그런다고 한번 줄어들기 시작한 숫자가 다시 백만이 되는 것은 아니었다.

"으아아아아! 왜 이래! 왜 이러는 거냐구!"

라디오를 흔들고, 버튼을 이리저리 눌러 보았지만, 디지털 숫자는 계속해서 줄어들기만 했다.

999,987…… 999,986…… 999,985…… 999,984…….

눈 깜짝할 순간에 20이나 줄어들고만 숫자.

택중은 가슴이 두근거렸다.

머릿속도 멍해졌다.

그러다 일순 그는 깨달았다.

"이거, 혹시 내가 돌아가는 날짜와 관련된 거?"

그렇다면 카운트다운인 건가?

한데 왜 이리 두려운 거지?

가슴이 뻐근한 게, 호흡조차 가빠지는 이 현상은 뭐란 말인가.

택중은 이상하게 반응하는 자신의 몸과 머릿속에서 맹렬하게 굴러가는 생각들 사이에서 고민했다.

갈등은 오래가지 않았다.

그는 좀 더 희망적인 쪽으로 기울어졌다.

"그래, 이 숫자가 줄어들면 내가 돌아갈 수 있다는 거지?"

고개를 푹 숙인 채 중얼거리는 그였다.

그때 열린 다락문 틈으로 머리 하나가 쑥 올라왔다.

"여기서 뭐해요?"

은설란이 묻는 순간, 택중이 고개를 번쩍 치켜들었다.

"읍하하하하하하!"

이윽고 그가 크게 웃음을 터뜨렸다.

미친놈처럼.

*　　　*　　　*

다락방에서 내려온 택중은 가슴을 쭉 폈다.

그러다가 은설란과 갈천성이 자신이 들고 있는 라디오를 쳐다보고 있다는 걸 알아채고는 잽싸게 라디오를 등 뒤로 숨겼다.

"큼, 아까는 실례가 많았어요."

택중이 계면쩍은 얼굴로 말하자, 갈천성이 실눈을 뜨고 그를 바라보았다.

"왜, 왜요?"

택중이 더듬거리며 따지듯 묻자, 갈천성이 고개를 내저었다.

"아닐세."

"그럼 살펴들 가세요."

갈천성의 시선을 피해 다른 방으로 들어간 택중은 한참

동안 라디오를 살폈다.

그런다고 달라질 것은 없었다.

그럼에도 그는 꽤 오랫동안 라디오에서 눈을 떼지 못했다.

그러다가 결국 그는 지쳤는지, 가방 안에 라디오를 조심스레 집어넣었다.

그러곤 생각했다.

'라디오처럼 보이는 저것 때문에 내가 이곳에 오게 된 거란 말이지? 그리고 또 내가 현대로 갈 수 있는 것도 저 라디오에 달렸다는 말이고…….'

분명 이유가 있을 터였다.

하지만 택중은 그 점에 대해선 깊이 생각하지 않았다.

뭔가 운명 같은 이유가 있겠지만, 것보다는 어떻게 하면 황금을 현대로 가져갈 것인가만 생각했던 것이다.

'저 황금만 가져갈 수 있으면, 이번에야말로 진아를 데려올 수 있을 텐데.'

오로지 여동생에 대한 그리움만이 그를 자극하고 있었다.

더욱이 앞으로도 계속해서 이곳과 현대를 오갈 수 있다고 한다면…….

'돈을 왕창 벌어서, 진아를 행복하게 해 주자!'

원래도 그게 목적이었지만, 큰돈을 벌 수 있는 길이 열리자 택중은 그야말로 거대한 꿈을 꾸기 시작했다

여동생을 대학에 보내고, 또 유학을 보내고…….

좋은 남자를 만나게 되면 사치를 부려서라도 훌륭한 결혼식을 시켜 주고, 백 평도 넘는 집에다가 자동차도 사 주고…….

아이들이 태어나면 자신은 한 번도 가져 보지 못한 로봇 장난감에…… 또 뭐가 있더라…….

생각만으로 울컥해진 택중이 순간 이를 악물었다.

'어떻게 해서든 황금을 가져가야 해!'

이처럼 여동생과 황금 생각만 하는 그였기에, 자신이 이곳으로 오게 된 진짜 이유 따윈 생각할 여유가 없었던 것이다.

그렇게 택중이 굳은 결심과 함께 핑크빛 미래를 꿈꾸고 있을 때였다.

방문이 벌컥 열리며 누군가 후다닥 뛰어 들어왔다.

그 바람에 깜짝 놀란 택중이 엉겁결에 뒤로 물러나다가 그만 엉덩방아를 찧고 말았다.

"아야야!"

느닷없는 사태에 택중은 한 손으로 엉덩이를 주무르며 고개를 들었다가 눈이 휘둥그레지고 말았다.

"어? 아직 안 가셨어요?"

갈천성이었던 것이다.

한데 얼굴이 완전 사색이었다.

심지어 이마에 힘줄까지 솟아 있었다.

그런 상태로 그가 외쳤다.

"크으! 뒤……."

"예?"

"뒷간!"

"뭔 간이요?"

"뒷간 어디냐고!"

그때 갈천성의 등 뒤에서 들려오는 친절한 설명.

"변소를 묻고 있네요."

은설란이었다.

"아, 화장실이요?"

그제야 사태를 알아챈 택중의 물음에 갈천성이 버럭 소리쳤다.

"아, 아무리 찾아도 뒷간이 없다니……. 뭐, 이런 집이 다 있어!"

"저기 있잖아요."

방문 밖으로 손가락을 내미는 택중.

툇마루 너머 대문가에 붙은 채 외따로 떨어져 있는 화장실을 택중이 가리키고 있었다.

눈이 찻잔만 해졌던 갈천성이 냅다 뛰어나갔다.

그러곤 화장실 문을 뜯어내듯 열고 들어갔다.

쾅!

문이 닫히고 얼마 뒤, 들려오는 분노 가득한 목소리가 집 안을 뒤흔들었다.

"어디다 누라는 거야!!"

한숨과 함께 자신의 이마를 짚어 낸 택중이 힘없이 말했다.

"거기 의자 같은 곳에 앉아 누세요. 다 누고 나서 옆의 레버 눌러서 물 내리는 거 잊지 말고요."

"고, 고맙네!"

뒤이어 들려오는 신음.

"끄~ 응!"

곧바로 새들이 나는 소리가 울려 퍼졌다.

그 소리를 들으며 택중이 중얼거렸다.

"아, 디러."

십 분쯤 지났을까, 화장실 문을 열고 나오는 갈천성의 얼굴에 햇살처럼 빛나 보였다.

그런 상태로 그가 웃으며 말했다.

"겨우 살았네."

그때 택중이 코를 킁킁거렸다.

"아이씨!"

그가 냅다 달려가 화장실 문을 열었다.

"레버 내리라고 했잖아요!"

"뭔버?"

"아, 레버요! 이거 말예요! 이거!"

쑤와아아아!

택중이 좌변기 옆쪽에 달린 레버를 힘껏 누르자, 변기 안에 뱀처럼 똬리를 틀고 있던 똥이 소용돌이에 휘말려 안으로 사라져 갔다.

그 모습을 유심히 보고 있던 갈천성이 감탄해서 소리쳤다.

"오! 정말이지 기가 막힌 뒷간일세. 대체 저런 건 누가 생각해 냈단 말인가!"

적잖이 감격했는지 눈까지 빛내고 있었다.

그러면서 또 묻는다.

"근데, 궁금한 게 한 가지 있는데 말이네."

"……?"

"똥을 누고 나면 쏴아 하고 물이 내려와 샥 사라지지 않는가? 그럼 그 똥은 다 어디로 가는 건가?"

택중은 대답 대신 손가락으로 발밑을 가리켰다.

"엥? 무슨 뜻인가, 그건?"

"마당 아래에 묻힌 정화조에 모인다고요. 그 똥이!"

"호오! 대단하군! 그럼 그 똥이 다 차고 나면 어찌 되는 거지?"

"뭘 어쩌겠어요. 퍼내야지."

"흠, 그렇구먼."

뭔가 더 대단한 걸 기대했는지, 갈천성이 실망한 기색이다.

그러다가 불쑥 물었다.

"그나저나 그거 말이네."

"뭐가요?"

"열화비탄 말이네."

"예? 열…… 화…… 비탄이요?"

"거 있잖은가? 이렇게 생긴 것이 불에 넣으면 쾅하고 터지는……."

"아~! 부탄가스요? 부탄가스가 왜요?"

이렇게 물은 택중이 일순 눈에 힘을 주더니 강하게 외쳤다.

"안 돼요!"

"……?"

"반품 불가예요!"

"반품?"

"그래요! 한번 판 물건은 절대로 반품해 주지 않는 주의라서요!"

갈천성이 피식 웃었다.

그러곤 사람 좋은 목소리로 말했다.

"걱정 말게. 그런 얘기가 아니니까."

"아, 그러십니까?"

"오히려 그 반대란 말일세."

"……?"

"혹시 말이네. 그것 말고 다른 건 없나 해서 말이네."

잠시 말이 없던 택중은 점차 심상치 않은 눈초리가 되어 갔다.

그리고 끝내 되물었다.

"다른…… 거요?"

제8장
날 더러 어쩌라고!

"그렇지. 다른 거!"

두 사람의 시선이 허공에서 만나는 순간, 파지직하고 불꽃을 일으켰다.

순간 택중의 외침이 집안을 뒤흔들었다.

"있고말고요!"

갈천성의 웃음이 대기를 울렸다.

"아하하하하! 내 그럴 줄 알았지!"

"잠시만 기다리세요, 즉각 대령합지요!"

후다닥 방을 뛰쳐나가는 택중을 갈천성이 만족스러운 눈길로 바라보았다.

잠시 후 문틈 사이로 거대한 짐 보따리가 불쑥 나타났다.

엄청 큰 갈색 보자기는 금방이라도 터질 듯 보였다.

팽팽한 것이 얼마나 큰지 짊어진 사람이 아예 보이지도
않을 정도였다.

이를 본 은설란은 눈이 휘둥그레지고 말았다.

그녀가 보기에 그다지 크지 않은 체구인 택중이 제 몸보
다 커다란 짐을 드는 게 신기하기만 했던 것이다.

'고수……?'

다시 한 번 의심하지 않을 수 없었다.

반면 갈천성은 벌어진 입을 다물 줄 몰랐다.

당연히 너무 좋아서였다.

'저것들이 다 신병이기란 말이지!'

웃음을 참지 못하고 절로 휘어지려는 눈.

속내를 들키지 않으려고 힘을 주느라 그의 눈가는 연방
푸들거렸다.

한편 짐 보따리 뒤쪽에선 택중이 무거운 짐을 드느라 얼
굴이 시뻘게진 채 한 걸음 한 걸음 충실히 발을 움직이고
있었다.

그러면서도 그는 계속해서 머리를 굴리는 중이었다.

'흐흐흐. 모조리 팔아 치우는 거야!'

이미 그의 머릿속에선 갖가지 건물들이 늘어서 있었다.

모조리 택중의 명의로 된 건물들이었다.

벼락 부자!

그의 인생에 마침내 찬란한 서광이 비치는 것이다.

이처럼 세 사람이 제각각 다른 생각에 잠겨 있는 동안, 방안 한가운데 거대한 짐 보따리가 놓였다.

꿀꺽.

택중이 보따리 끈을 푸는 순간, 갈천성의 목젖이 상하로 출렁했다.

이윽고 기대하던 물건들이 모습을 드러냈다.

"……!"

"……!"

갈천성과 은설란은 동시에 할 말을 잃고 말았다.

뿐만 아니라 그들의 눈동자는 물건들에서 떨어질 줄을 몰랐다.

한데 그 눈빛이 착 가라앉아 있었다.

이를 아는지 모르는지, 택중이 해맑은 웃음과 함께 말문을 열었다.

"자, 보세요! 이것이 무엇이냐! 초강력 울트라 합금으로 만든 냄비! 아실란가 모르지만, 무려 우주선에 쓰이는 금속으로 가공한 냄비란 말씀! 흐흐흐, 이 정도에 놀라기엔 이르다고요. 아직 시작도 하지 않았으니 그런 표정 짓지들 마세요! 진짜 주인공은 따로 있으니까요. 그 이전에 구경들 하시죠. 아직 보여 드릴 것들은 수도 없이 많으니까요."

만물상 경력만 몇 년인가.

택중은 그간 갈고 닦은 달변으로 자신이 짊어지고 온 물건들을 늘어놓기 시작했다.

그러길 한참.

갈천성과 은설란에게서 아무런 말도 들려오지 않자, 택중은 이번에도 자신이 가지고 온 물건들을 모조리 팔 수 있겠구나! 생각했다.

그때쯤 그가 입가에 미소를 머금으며 소리쳤다.

"자, 이제 제가 진짜로 추천하는 물건을 만나 보실 차례! 요놈! 바로 요놈이야말로 진짜란 거죠!"

냄비들과 각종 물건을 한쪽으로 주욱 밀면서 택중이 들어 올린 것은 아이 팔뚝만 한 굵기와 길이를 가진 물건이었다. 특이한 것은 형형색색의 헝겊들로 뒤덮여 있었다.

그가 의미심장한 미소를 지으며 손가락을 움직이자, 딸각하는 소리가 방 안을 울렸다.

동시에 그가 소리쳤다.

"놀라시질 마시라!"

퉁!

격발음이 들리고, 용수철 튕기는 소리가 이어졌다.

촤라라라락!

불과 15cm에 불과하던 물건이 갑자기 죽 늘어나더니 끝내는 50cm를 넘어가는 순간, 팡! 하는 소리와 함께 펼쳐졌다.

"4단 접이식 우산! 캬~! 정말 기가 막히지 않나요? 그야말로 미라클이라니까요! 흐흐흐. 눈치채셨는지 모르지만 일본에서 최첨단 기술력으로 만들어 낸 기가 막힌 물건 되겠습니다. 게다가 가격이 정~ 말 착하거든요. 그럼 가격이 얼마냐?"

여기까지 말한 택중이 눈알을 굴리며 갈천성을 힐끔거렸다.

'크헤헤헤. 놀라는 얼굴이라니!'

자신의 뜻대로 되어 간다고 믿어 의심치 않는 택중이었다.

그가 신중하게 가격을 책정하기 시작했다.

그리고 빠르게 돌아간 두뇌 회전만큼이나 재빨리 말문을 열려는 찰나였다.

"단돈 만 오천……."

"그게 단가?"

"맞습니다. 이게 다란…… 예?"

"그거 말곤 없난 말이네."

택중이 눈을 깜박이며 갈천성을 응시했다.

상대방의 의중을 파악하지 못한 탓이었다.

그러길 잠시.

택중이 마른 침을 삼켰다가 멋쩍게 웃었다.

"아하하하하! 무슨 그런 섭섭한 말씀을. 자, 잠시만 기다리십시오."

자리에서 벌떡 일어난 택중이 후다닥 뛰어나갔다.

얼마 뒤, 택중이 돌아왔을 때 그의 등허리에는 아까보다
곱절은 많은 짐이 얹혀 있었다.

하나 소용없었다.

보따리를 풀어헤친 택중이 열과 성을 다해 상품들을 소
개했지만, 갈천성은 물론 은설란에게서 어떠한 호응도 얻지
못했다.

"이걸 사시면 이 달력도 드릴게요. 정말 므흣하죠? 그럴
수밖에요. 우리나라 처자들 하고는 아예 격이 다르니까요.
보세요. S라인의 이 환타스틱한 몸매! 나올 땐 나오고, 들
어갈 땐 들어간 굴곡 하며…… 캬! 죽이지 않아요?"

택중이 호프집에서나 걸려 있을 법한 야시시한 달력까지
내세웠지만, 반응은 뜨뜻미지근했다.

기운이 빠지지 않을 수 없는 택중이었다.

물론 반응이 아주 없는 것은 아니다.

다만 자신이 원하는 반응이 아닐 뿐이었다.

눈을 반개한 갈천성이 입을 꾹 닫고 있을 뿐이었고, 은설
란은 그림 속에서 각종 수영복을 입고 있는 서양 미인들을
보다가 자신의 가슴을 슬쩍 내려다볼 뿐이었다.

그러곤 곧바로 불쾌하단 표정을 해 보였지만.

결국, 택중은 더 이상 아무런 말도 하지 못했다.

그런 그에게 갈천성과 은설란이 마지못해 고개를 끄덕여 주었다. 마치 열심히 노력한 학생의 머리를 쓰다듬는 선생님처럼.

"흠, 흥미롭긴 하지만……."

"신기한 걸 정말 많이도 만드셨네요."

자신이 이걸 만들었다고 믿는 여인이 이상하긴 했지만, 지금은 그런 걸 신경 쓸 계재가 아니었다.

어느새 얼굴 가득 땀방울이 흘리게 된 그는 헐떡거리다가 끝내 어깨를 축 늘어뜨렸다.

동시에 그가 힘에 부친 지 두 다리를 쭉 뻗었다.

그러곤 지친 얼굴로 품 안에 손을 넣었다.

이어 빠져나온 손에 들린 것은 담배였다.

택중은 담배 한 개비를 뽑아내 입에 물었다.

딸가닥.

택중의 손에 쥐어져 있던 작고 네모난 은빛 상자의 뚜껑이 열렸다.

치이이이익!

시퍼런 불꽃이 뿜어지며, 어느새 그의 입에 물려 있던 담배에서 연기가 피어올랐다.

"……!"

바로 그때가 갈천성의 눈동자에서도 불꽃이 튀는 순간이었다.

후우우욱.

택중이 고된 노동 끝에 담배 연기 한 모금을 빨아들였다가 내뿜는 순간, 갈천성이 달려들었다.

와락!

"엇! 뭐, 뭐, 뭐하시는 겁니까!"

소스라치게 놀란 택중이 갈천성의 손을 뿌리치려 했지만, 어디 그게 될 말인가.

무려 이 갑자 내공을 지닌 절정의 고수가 바로 갈천성이거늘.

한순간 갈천성에게 터보 라이터를 빼앗긴 택중이 시뻘건 얼굴로 소리쳤다.

"왜 이래요! 갑자기 달려들어선……!"

"이런 거…….."

"……예?"

"이런 걸 원한단 말일세!"

"……?"

영문을 알 수 없다는 눈빛으로 갈천성을 보고 있을 때였다.

은설란이 슬며시 끼어들었다.

"처음 만났을 때 사용한 암기도 좀 보여 주세요."

"암기?"

"휴!"

그럴 줄 알았다는 듯 은설란이 한숨을 내쉬며 고개를 내저었다.

"워낙 가공할 위력을 지녔으니, 숨기고 싶은 마음은 알겠어요."

"뭔 위력?"

"안다니까요."

여전히 말귀를 알아듣지 못한 듯 구는 택중을 은설란이 눈을 가늘게 뜨고 바라보는 동안에도 갈천성은 터보 라이터에서 눈을 떼지 못하고 있었다.

그렇게 신기한 듯 보다가 천천히 뚜껑을 젖히는 갈천성이었다.

딸각.

경쾌한 소리가 들리고,

치이이이이익.

시퍼런 불꽃이 혀를 날름거렸다.

"오오! 기막히도다!"

갈천성이 터보 라이터를 머리 위로 치켜들고 소리쳤을 때, 은설란이 다시금 말문을 열었다.

택중을 바라보는 그녀의 얼굴에 '다 안다'는 듯한 빛이 흘러넘쳤다.

"뇌전을 쏘아 내는 암기요."

"뇌…… 저?"

"우리가 처음 만났을 때 절 공격하던 암기 말이에요."

그녀의 얘기에 잠시 생각에 잠겼던 택중이 그제야 알겠다는 듯 탄성을 내질렀다.

"아! 그거요?"

"……."

"난 또 뭐라고. 그런 거라면 일찍 말하지 그랬어요."

그가 방 안 구석에 밀쳐 놓았던 가방을 뒤적거리더니, 그 안에서 스탠건을 꺼내어 은설란에게 흔들었다.

"요놈 말이죠?"

그제야 은설란이 옅은 미소를 지어 보였다.

그 미소에 이끌린 것일까?

택중은 저도 모르게 스탠건에 스위치를 넣었다.

빠지지지지직!

플러스 전극에서 마이너스 전극으로 전류가 흐르는 찰나, 갈천성이 눈을 빛내더니 또다시 날아올랐다.

그 순간 움찔했던 택중이 반사적으로 손을 내뻗었다.

그리고 그 손에는 여전히 스탠건이 쥐어져 있었다.

시퍼런 전기를 줄줄 흘리면서.

빠지지지지지직!

"끄아아아아!"

털썩.

갈천성이 바닥에 곤두박질치고서야 택중은 상황을 깨달

았다.

'헛! 큰일이다!'

깜짝 놀란 택중이 서둘러 갈천성에게 다가갔다.

뜨악!

까뒤집혀진 허연 눈동자. 입가에서 뽀글거리며 올라오고 있는 거품들. 새하얗게 질려 버린 얼굴빛 하며…….

어느 모로 보나, 정상이 아닌 모습이다.

택중은 동전만큼 커진 눈이 되어 갈천성의 어깨를 잡아 챘다.

그리고 거칠게 흔들었다.

"괜찮아요?! 이봐요! 정신 좀 차려 봐요! 영감니이이 임!"

하나 아무리 외쳐도 일어날 생각이 없는지, 갈천성은 축 늘어진 채 움직일 줄을 몰랐다.

다급해진 택중이 갈천성을 바닥에 도로 눕히곤, 마른 침을 집어삼켰다.

"꿀꺽!"

'흑! 내 첫 키스를 이런 식으로 뺏기게 될 줄이야!'

설마 자신의 입술을 주는 상대가 이런 쭈그렁탱이 영감이 될 줄이야!

아직 연애 한번 못해 본 그로선 억울하기 짝이 없는 일이라 할 수 있었다.

그 감정을 숨길 수 없던지 택중의 눈가에 짙은 그늘이 내려앉았다.

하지만, 그도 잠시뿐.

그는 고개를 세차게 흔들며 굳게 마음먹었다.

'제, 제길! 될 대로 되라!'

택중이 무섭게 달려들어 한 손으로 갈천성의 머리통을 껴안듯 붙잡았다.

그러곤 다른 손으로 갈천성의 입술을 벌리며 자신의 입술을 가져다 대는 순간이었다.

번쩍.

갈천성이 눈을 떴다.

"······!"

느닷없는 상황에 택중이 눈을 껌벅이는 찰나, 일이 벌어졌다.

후웅!

눈앞에서 무언가 번뜩였다.

콰직!

묵직한 타격음과 함께 가슴속에서 고통이 솟구쳤다.

그와 함께 시야가 빙글 돌더니, 방바닥을 훑듯 지나친 시선 속에 벽과 천장이 이어졌다.

쿵!

"꺽!"

숨이 막히는 듯, 입술 사이로 터져 나온 단말마.

택중은 눈앞이 가물거리는가 싶더니 순식간에 어둠이 몰려드는 기현상을 겪고 있었다.

팟!

전구가 꺼지듯 의식을 잃고만 택중이었다.

          *   *   *

정도맹 항주 지부의 수문장 오중걸.

그는 어처구니가 없어 할 말을 잃고 말았다.

물론 두려워서가 아니었다.

불과 십여 장 거리에 늘어서 있는 적들. 그들이 하나같이 흉흉한 기세를 피워 올리고 있었지만, 오중걸은 하나도 두렵지 않았다.

당연하다.

지금 이곳 항주 지부.

그러니까, 얼마 전까지만 해도 흑사련의 항주 지단이었던 이곳을 놈들이 탈환하기 위해 왔다는 것은 상당히 위급한 상황인 것은 맞는데…….

육백 명도 아니고, 육십 명의 사내들이 정문을 바라보며 늘어서 있었던 것이다.

"미친놈들!"

급기야 오중걸의 입에서 비릿한 음성이 터져 나왔다.

이곳 항주 지부에 머물고 있는 정도맹 산하 무사들만 해도 그 수가 오백여 명을 훌쩍 넘건만.

지들이 무슨 초절정 고수들이라고 겨우 육십 명도 안 되는 인원으로 쳐들어왔단 말인가.

어느새 오중걸의 얼굴에 실소가 떠올랐다.

"어찌할까요?"

수하 하나가 물어 오자, 오중걸이 느긋한 어조로 말했다.

"안에다 기별해."

그 순간이었다.

놈들이 움직이기 시작했다.

아니, 정확히 말하면 육십여 명의 흑시련 무사들 사이에서 한 명의 장한이 앞으로 걸어 나왔다.

꼭 삼국지에서 튀어나온 장비라도 되는 듯 얼굴 가득 시커먼 수염을 두른 인물이었다.

"응?"

장비와 같이 생긴 텁석부리가 씩 웃는 모습에 오중걸이 눈가를 좁혔다.

'저놈이 실성을 했나?'

절로 드는 생각이었다.

이내 못마땅한 얼굴이 된 오중걸이 막 고개를 내젓고 있을 때였다.

턱석부리 장한, 곽풍의 등 뒤에서 또다시 한 사내가 나왔다.

다소 마른 체구였지만, 어딘지 단단한 느낌이 드는 장년인이었다.

불과 며칠 전까지만 해도 이곳 장원에 머물고 있던 흑사련 항주 지단주, 독고비였다.

이건 또 뭔가 싶어 눈살을 찌푸리고 있던 오중걸의 시야에 독고비가 곽풍에게 고갯짓을 해 보이는 게 보였다.

"……?"

일순 알 수 없는 불길함에 눈썹을 치켜세우던 오중걸.

그러나 그의 긴장은 그리 오래가지 않았다.

스윽.

독고비와 시선을 교환한 곽풍이 자신의 허리춤을 오른손으로 훑고 난 직후의 일이었다.

"풋!"

곽풍의 손에 들린 작달막한 크기의 소도를 확인한 오중걸이 참지 못하고 웃음을 터뜨렸던 것이다.

그때였다.

처저저저저저적.

곽풍의 등 뒤에 늘어서 있던 사내들이 일제히 소도를 꺼내어 치켜들었다.

"푸하하하하하하!"

이번엔 오중걸뿐만이 아니라, 그의 수하들까지 동시에
웃음을 터뜨렸다.

그 순간,

후우우우우우우웅!

흑사련 무사들이 들고 있던 소도에서 푸른 검강이 솟구
쳤다.

뚝.

웃음을 멈춘 오중걸과 그의 수하들이 더할 나위 없이 커
진 눈을 한 채 격하게 몸을 떠는 순간, 고함이 터졌다.

"쳐라!"

독고비의 외침과 동시에 흑사련의 무사들이 땅을 박찼다.

*　　　　*　　　　*

타다다다다닷.

무언가를 쉴 새 없이 두드리는 소리가 들렸다.

택중은 의식이 없는 와중에도 생각했다.

'아, 진짜! 좀 조용히 할 순 없나?'

하지만 그의 바람과는 달리 소리는 그치지 않고 있었다.

타다다다다닷!

급기야 그는 인상을 쓰며 눈을 번쩍 떴다.

"시끄럿!"

하고 말하고 싶었던 그였다.

그러나 실제로 그의 입술 사이로 흘러나온 것은 조금 달랐다.

"으음……."

정신이 들면서 가슴팍에서 고통이 느껴졌던 것이다.

그 바람에 택중은 신음을 흘리고 말았다.

그 소리를 들었음인가.

갈천성이 쉴 새 없이 놀리던 손을 멈췄다.

사실 갈천성은 그동안 얼마나 열심히 택중의 혈도를 두드렸는지, 그의 이마에선 땀방울들이 송골송골 맺혀 있었다.

이를 아는지 모르는지, 택중은 눈을 뜨자마자 발견하게 된 갈천성을 원망 어린 눈빛으로 쳐다보았다.

그의 마음을 아는지 모르는지, 갈천성이 계면쩍다는 듯 말했다.

"미안하게 됐네."

"……."

"창졸간에 그만 손을 쓰고 말았네. 자네가 암기를 사용해 날 죽이려 한다고 착각했지 뭔가."

침묵.

갈천성은 여전히 자신을 쏘아보기만 하는 택중에게 미안함을 느꼈는지, 차마 시선을 맞추지 못했다

그가 고개를 돌리고 있을 때, 택중은 다른 생각에 빠져 있었다.

'컥! 더럽게 아프네!'

온몸이 욱신거리는 게 아프지 않은 곳이 없었다.

입술 사이로 흘러나오려는 신음을 삼키며 그는 생각했다.

'근데, 무슨 일이지? 아, 그렇지! 나 정신을 잃었던 거구나! 근데……. 왜지? 저 영감이 내게 사과를 한다?'

그제야 그는 자신이 정신을 잃기 전의 상황이 떠올랐고, 앞뒤 사정을 모두 파악하게 되었다.

벌떡.

"끄악!"

상체를 일으키던 택중이 한 손으로 가슴팍을 움켜잡고 도로 눕고 말았다.

"이런! 아직 움직여선 안 되네."

갈천성이 황급히 달려들어 택중을 진정시켰다.

그러곤 말했다.

"다행히 크게 다친 건 아니니 걱정 말게. 하지만 그렇다고 해서 소홀히 생각해선 안 되네."

품 안에 손을 넣으며 그가 계속 말했다.

"자, 이걸 하루 두 번 복용하게나. 다행히 근골이 상하진 않았으니, 머잖아 일어날 수 있을 걸세."

"……?"

갈천성이 내미는 단약을 인상을 쓴 채 바라보던 택중이 띄엄띄엄 말했다.

"살…… 거……."

"응?"

갈천성이 고개를 숙여 택중의 입가에 귀를 바짝 가져가 댔다.

때 맞춰, 택중이 버럭 소리쳤다.

"살 거예요, 말 거예요!"

깜짝 놀란 갈천성.

그가 재빨리 물러나며 귓구멍을 후비며 마주 외쳤다.

"왜 소리는 지르고 난린가!"

"나라고 그러고 싶어서 그랬겠어요! 목소리가 잘 나오지 않으니까 그렇죠. 쿨럭!"

"……."

지은 죄가 있는지라, 갈천성은 뭐라고 반박하지 않았다.

하지만 심기가 편하지만은 않은지 낯빛이 좋지 않았다.

그럴 수밖에.

천하 무림의 양대 산맥이랄 수 있는 흑사련의 군사가 바로 그다.

그런 그가 언제 저런 애송이에게 이런 대접을 받아 봤겠는가.

하나 그는 순간적인 감정으로 대사를 그르칠 만큼 소인

배가 아니다.

저 무례하기 짝이 없는 애송이야말로 누가 뭐래도 신기자의 전인이니까.

꾹 참고 그가 말했다.

"여하간 몸조리 잘하게. 내 조만간 다시 들림세. 그때 다시 흥정하도록 하지."

그러면서 그가 돌아서는데, 택중이 나직이 말했다.

"그거……."

"응?"

갈천성이 눈을 빛내자, 택중이 손짓으로 뭔가를 가리켰다.

그의 손가락 끝이 가리키는 곳을 향해 시선을 옮겨 가던 갈천성이 헛기침을 내뱉었다.

"이게 왜 내 손에 있지?"

시선을 돌리고선 갈천성의 손에 쥐어져 있는 달력.

그걸 바라보던 택중의 눈이 게슴츠레해졌을 때, 은설란의 도톰한 입술 사이로 비릿한 웃음소리가 새어 나왔다.

픽.

망신살이 뻗치고만 갈천성. 그의 손에서 달력이 떨어져 내려 펼쳐졌다.

사진 속에선 하얀 허벅지를 드러낸 미녀들이 비정상적인 크기의 가슴을 한껏 내밀고 있었다.

＊　　　＊　　　＊

두 사람이 돌아간 직후, 방 안에 드러누워 있던 택중이 천천히 몸을 일으켰다.

가슴을 치고 올라오는 고통에 택중은 몇 번이나 도로 눕고 말았지만, 어림없는 일이다.

그가 누군데, 이 정도 역경에 굴복한단 말인가.

택중은 의지를 불태우며 끝내 몸을 일으켰다.

이어 그는 벽을 붙잡듯 몸을 기댄 채 서서히 걸음을 옮겼다.

방을 빠져나간 그가 도달한 곳은 다름 아닌 마당 한가운데. 그곳엔 커다란 궤짝 하나가 그를 기다리고 있었다.

히죽.

가슴을 울리는 고통 속에서도 택중은 절로 웃음이 났다.

"흐흐흐흐흐."

금방이라도 침을 흘릴 것 같은 표정이 된 그는 또다시 걸음을 옮겨 마당으로 내려왔다.

그러곤 궤짝을 쓰다듬으며 얼굴 가득 환한 웃음꽃을 피워 냈다.

뒤이어 그는 궤짝 뚜껑을 열어젖혔다.

순간 황금빛이 솟구쳤다.

아직은 해가 지지 않은 때인지라, 뻥 뚫린 마당 위 하늘로부터 볕이 햇살이 쏟아져 그야말로 눈부신 광채가 집안을 물들였다.

"이게 다 내 거란 말이지!"

절로 감탄이 흘러나왔다.

아픈 것도 싹 낫는 느낌이었다.

그만큼 그는 지금 희망에 가득 차 있었다.

그와 그의 여동생에게 더없이 밝은 미래가 다가왔음을 알아차렸기 때문이다.

택중은 언제 아팠냐는 듯 뚜껑을 닫으며 결연한 의지를 불태웠다.

끙끙거리면서도 현관문을 열고 바깥으로 나갔다가 온 그의 손에는 삽 한 자루가 들려 있었다.

한차례 주위를 둘러본 뒤, 삽자루를 높이 치켜드는 택중. 그가 있는 힘껏 땅을 찍었다.

팍!

"끄악!"

팔을 타고 흘러든 충격으로 택중이 비명 했다.

가슴이 뒤집어들 듯 통증이 솟구쳤기 때문이다.

하지만 그 정도로 포기할 그가 아니었다.

"네가 이기나 내가 이기나 해보자!"

그는 이를 악물고 삽을 휘둘렀다.

그렇게 삽 끝이 최초로 마당의 흙을 찍은 뒤로부터 상당한 시간이 지날 때까지, 택중은 한시도 멈추지 않았다.

가슴에서만 느껴지던 고통이 순식간에 온몸으로 퍼지고 있었지만, 그는 절대로 포기할 생각이 없었다.

당연했다.

어찌 된 영문인지는 모르지만, 현대로 돌아갈 수 없게 된 지금, 가장 시급한 일은 황금을 숨기는 일이었기 때문이다.

만일에 하나라도 황금을 이대로 방치하다가 자칫 도둑이라도 든다면…….

'망하는 거지!'

설사 담장 밖에서 자신을 지켜 주겠다며 경비를 서고 있는 무사들이 있다손 치더라도 사람 일은 모르는 게 아닌가.

아니, 솔직히 그들이라고 어찌 믿을까.

견물생심이라 했다.

눈앞에 황금이 있는데, 욕심을 부리지 않는 게 더 이상하지 않는가.

그렇기에 택중은 지금처럼 아픈 와중에도 서둘러 황금을 숨기기 위해서 애쓰고 있었던 것이다.

괜스레 긴장을 풀었다가는 그에게 다가온 꿈같은 기회를 한 방에 날려 버릴 수도 있지 않겠냐는 생각으로.

현대로 돌아가는 그날까지, 황금 궤짝을 잘 보관하는 일만큼 중요한 것은 없는 것이다.

그리고 지금으로선 궤짝을 땅에 묻는 게 안전한 것은 없다는 게 그의 판단이었다.

그것도 아무도 없는 지금이 아니면 안 된다.

언제 누가 들이닥칠지 모르니 무조건 지금, 그것도 되도록 서둘러 해치워야 한다.

누구도 모르게 땅에 묻고는 시침을 떼는 길만이 황금을 지키는 유일한 길이라고 믿는 그였다.

팍! 파바바바바박!

땅을 파기 시작한 지 한 시간 남짓.

드디어 사람 하나가 들어가 설 수 있을 만큼의 깊이로 땅을 판 택중은 조금의 미련도 없이 궤짝을 밀어 넣기 시작했다.

"끙!"

궤짝에 등을 대고 바닥을 차 가며 끙끙댄 지 한참.

퉁!

무거운 궤짝이 굴러 떨어지듯 땅속으로 들어가자, 이번엔 흙을 덮기 시작하는 그였다.

츄악!

흩뿌려진 흙들에 묻혀 궤짝이 모습을 감추기 시작하고 다시 삼십여 분 정도가 흐르자 마당은 이전의 상태로 돌아왔다.

누가 본 사람이 없을까 싶어 다시 한 번 주위를 돌아보던 택중이 그 자리에 주저앉았다.

그러곤 대자로 뻗었다.

눈을 감으며 그가 미소 지었다.

'이 아래, 황금이 있다.'

가슴팍에선 통증이 밀려들었지만, 그저 웃음만 나오는 택중이었다.

"크크크…… 크하하하하하!"

기괴한 웃음소리가 집안에 울려 퍼졌다.

그리고 다음 날 아침 일곱 시.

방 안에 누워 마치 새우처럼 몸을 말고 자고 있던 택중의 머리맡에서 갑자기 스마트폰이 진동했다.

우우우웅.

몇 차례 부르르 떨어 댄 뒤, 느닷없이 터진 음성.

오빠 언능 일어나! 아잉~ 언능~!

그 소리에 택중이 신음을 흘렸다.

"끄으으."

하지만, 눈을 뜨지 못하는 그였다.

갈천성에게 얻어맞은 가슴도 가슴이지만, 온몸이 쑤셔서 일어나기 싫었던 것이다.

몸살이 난 게 틀림없었다

그사이, 스마트폰의 알람을 열심히 앵앵거렸다.

오빠 언능 일어나! 아잉~ 언능~!

그러길 얼마나 지났을까.

알람이 꺼지고 난 뒤에도 택중은 일어나지 못했다.

한낮의 태양이 대기를 덥혀서 방 안이 점차 더워지고 있다고 느꼈을 때였다.

"택배요!"

밖에서 들려온 소리가 택중의 귓가를 후려쳤다.

하지만 그는 여전히 일어나지 않았다.

"안 계세요?"

우우우우웅.

머리맡에 있는 스마트 폰에서 진동이 몇 차례 울린 뒤, 다시금 들려오는 목소리.

"없나? 에잇 바쁜데…… 문자나 보내고 그냥 여기다 놓고 가지 뭐."

그 순간 택중이 눈을 번쩍 떴다.

동시에 용수철처럼 일어났다.

그러곤 후다닥 방을 뛰쳐나갔다.

신발을 신을 생각도 없다는 듯, 맨발인 채 엄청난 속도로 마당을 지나 현관문을 열고 나간 그였다.

그러나 그땐 이미, 담벼락 너머로 멀어져 가는 택배 기사의 모자만이 보일 뿐이었다.

하나, 그것만으로도 충분했다.

'서, 설마! 돌아온 건가!'

잠시 우두커니 선 채 그대로 있던 택중. 그가 마른 침을 삼킨 뒤 눈을 빛냈다.

'그래도 확인은 해 봐야……'

더 이상 실망하고 싶지 않은 그였던 것이다.

택중은 재빨리 달려가 대문을 열었다.

대문 바로 앞에는 갈색 마분지로 만든 박스가 놓여 있었다.

"……!"

택중의 눈동자에 이상한 광기가 흐른다 싶은 순간, 그가 크게 웃었다.

"으하하하하하하!"

드디어! 드디어 돌아온 것이다!

고개를 젖힌 채 눈물이 날 때까지 웃던 그가 일순 거짓말처럼 웃음을 멈췄다.

그러곤 서슴없이 돌아섰다.

다시금 현관문 안으로도 뛰어 들어가는 택중. 대문밖에는 여전히 택배 물품이 놓여 있었지만, 그런 건 아무래도 좋을 디디.

지금 그게 문제냐!

파바바바바박!

안으로 들어간 택중은 삽을 들고 땅을 파기 시작했다.

조만간 모습을 드러낸 황금 궤짝을 들고, 건물부터 사러 가리라 마음먹은 그였다.

'마침내 꿈을 이루는구나!'

절로 콧노래가 나오는 택중. 그는 가슴이 아픈 것도 잊은 채 죽자고 땅을 팠다.

한데, 이놈의 땅은 파도파도 궤짝은 보일 생각을 하지 않는다.

'내가 이렇게 깊게 묻었었나? 에잇! 조금만 더 파 보자!'

그렇게 파 들어간 게…… 무려 삼 미터.

텅!

이윽고 삽 끝이 지하를 지나는 하수관을 두드린 뒤에야 그는 멈췄다.

"여기가 아닌가?"

그가 자리를 옮겨 다시금 땅을 파기 시작했다.

그렇게 여기저기로 옮겨 다니며 파다 보니, 마당 안에는 시커먼 구덩이들이 생겨났다. 더불어 마당 한편에 쌓인 흙들이 작은 산을 이룰 지경이었다.

하지만, 아무리 파도 궤짝은 나오지 않았다.

이윽고 더 이상 팔 곳도 없어지자,

털썩.

무릎을 꺾으며 주저앉고만 택중이 망연자실 중얼거렸다.

"궤, 궤짝이…… 없어."

순간 두 손으로 자신의 머리를 잡고 세차게 휘저으며 발작했다.

"크악! 날 더러 어쩌라고!!"

제9장
다람쥐처럼

택중이 절규하고 있을 무렵, 중원에서는 갈천성이 기분 좋게 웃음을 터뜨리고 있었다.

"으하하하하하!"

방 안이 쩌렁쩌렁 울릴 정도로 큰 웃음소리. 그의 기분이 지금 어떠한지 확실히 알 수 있었다.

그럴 수밖에.

"대체 그 많은 신병이기들은 어디서 구하신 겁니까?"

보고를 올리던 사내, 기고한(箕姑寒)이 물었지만 갈천성은 대답해 주지 않았다.

그저 기묘한 미소만 얼굴에 머금은 채 이렇게 말했을 뿐이다.

"이제부터 아무런 걱정도 할 필요가 없네. 싸움? 고수? 크하하하! 놈들이 아무리 재주를 부린다 한들, 우릴 이길 수는 없는 거지. 암, 그렇고말고!"

또다시 크게 웃음을 터뜨리는 갈천성을 기고한이 두 눈을 멀끔히 뜨고 바라만 보았다.

'도대체 그런 대단한 물건들을 어디서 구하신 걸까?'

흑사련의 정보조직인 밀당(密黨)을 책임지고 있는 기고한이었기에 무림 돌아가는 사정에 대해선 밝을 수밖에 없었다.

그런 그였지만, 이번만큼은 도무지 알 길이 없다.

겨우 검기나 발출할 만한 고수가 간단하게 검강을 뽑아 올리게 만들어 주는 소도.

한 자루만 해도 신병이기가 나타났다며 무림이 들썩일 판인데, 무려 몇 십 자루다.

그러니 정도맹의 무사들이 무슨 통뼈라고 그걸 견뎌 낸단 말인가?

일당백 아니라 일당천이라고 보아도 될 터였다.

한마디로 싸움을 하기도 전에 이미 이긴 것이나 다름없었던 것.

그 결과가 전혀 불가능할 것만 같던 항주지단의 탈환이었다.

"큼, 뭐하나?"

한창 상념에 빠져 있던 기고한은 갑작스레 갈천성이 물어 오자 화들짝 놀라 고개를 쳐들었다.

그런 그의 마음속을 모두 들여다보는 듯한 눈을 한 채 갈천성이 말했다.

"그렇게 이상하게 생각할 것 없네."

"……."

"하늘이 보우하사 우리에게 신인 한 명을 내려 주셨다 생각하면 될 일이네."

"……?"

"그냥 그렇게만 알게. 지금까지 정도맹 놈들에게 당하기만 했지만 앞으론 다를 걸세. 이제 머지않아 우리 흑사련이 무림을 모조리 삼키게 될 거라고만 생각하게."

"그, 그 말씀은……."

끄덕.

고개를 끄덕인 갈천성이 보기 좋은 웃음을 지어 보였다.

그와 동시에 기고한의 눈동자가 일렁였다.

"그러니까…… 그 신병이기가 더 있다는……."

"어허! 그만!"

갈천성이 정색을 하며 손을 뻗어왔다.

두툼한 손가락이 기고한의 입술을 짓누르는 사이, 갈천성이 소곤거렸다.

"다 된 밥에 재를 뿌릴 참이 아니라면, 그 입부터 단속

하시게."

끄덕끄덕.

기고한이 엉겁결에 고개를 끄덕이자, 갈천성이 또다시 기분 좋은 웃음을 터뜨렸다.

그런 그를 기고한이 쳐다보다가, 이내 입매를 비틀며 기묘한 미소를 머금었다.

어느 샌가 그의 눈가에 기광이 스치고 지나가고 있었다.

*   *   *

중원 무림은 누구의 것도 아니다.

대륙의 지배자인 황제마저도 관여하지 않는다.

아니, 그럴 수 없다는 게 정확한 표현일 터다.

그래서 오래전부터 관과 무림은 다른 세상이라느니, 서로 관여하지 않고 있다느니 하는 말도 있다.

하지만, 실상은 조금 다르다.

관여하고 싶어도 할 수가 없는 것이다.

그럴 수밖에 없는 데엔 여러 가지 이유가 있지만, 가장 근본적인 이유는 단 하나.

바로 땅.

중원 땅이 너무 넓기 때문이다.

황제가 강과 산을 경계 삼아 여기저기 편의상 경계를 긋고 성을 쌓고 왕을 봉한 것도 모두 그 때문 아니던가.

도저히 황제 혼자서는 중원을 다스릴 방도가 없으니까.

그 때문에 조금만 관리가 느슨해져도 반란이 끊이지 않는 곳이 중원이기도 하다.

이를 막기 위해 황제는 혈육이나 심복이 아니면 왕으로 봉하지도 않았고, 그나마도 조금이라도 이상한 낌새가 느껴지면 별의별 모함을 해서 죽여 버리곤 하지 않았던가.

이른바 중앙 집권.

이로써 황제는 강력한 힘을 쥘 수가 있었다.

하지만 이러한 황제로서도 어쩔 수 없는 곳이 있었으니 바로 무림.

구주팔황 십팔만 리에 이르는 중원 땅 곳곳에선 언제나 도적이 들끓었고, 자력 구제의 수단으로 생겨난 것이 사병이었다.

그중에서도 가문을 중심으로 팔대세가들이 무공을 익히고, 그 힘으로 자신들의 재산을 지켰다.

뿐만 아니라 자생적으로 생겨난 구파일방이 여기저기에 터줏대감처럼 박혀서는 오랜 시간에 걸쳐 백성의 심신을 달래 주며, 종래엔 정신적 지주 역할을 하고 있었다.

한마디로 백도무림을 표방하는 종주들이 그들이었다.

그렇게 이삼백 년마다 나라는 망해도 무림의 종주들은 망하지 않고 대대로 이어져 왔다.

그 가운데 흑도를 표방하는 온갖 세력들이 들끓고, 결국 백도와 흑도는 끊임없이 싸움을 이어 왔다.

그것이 이제 와서는 정도맹과 흑사련이란 이름으로 바뀌었을 뿐 아무것도 달라진 게 없다.

문제는 이들을 통제할 힘이 황제에겐 없다는 데 있었다.

다행히도 무림 세력은 자기들끼리 싸우는 데에만 관심이 있을 뿐이다.

그러니 황제로선 굳이 이들을 건드려 타초경사할 필요 따윈 없었다.

아니, 되도록 이들과는 은연중에 선을 대고 협력 관계를 유지하는 게 오히려 이롭다는 걸 깨닫는 데는 그리 오랜 시간이 필요치 않았다.

황제로선 무림 세력을 이용해 역모를 꿈꾸는, 혹은 그럴 만한 힘을 가진 왕들을 제압하는 게 훨씬 이로웠으니까.

오랑캐의 힘으로 다른 오랑캐를 제압하는 이이제이의 원칙이 중원 안에서도 그대로 적용되고 있었던 것이다.

적어도 무림의 힘을 하나로 모을 만큼 거대한 적이 나타나지 않는 한 절대로 하나가 될 수 없는 게 무림.

그런 무림이기에 황제는 언제나 한걸음 물러나 여유롭게 그들을 보고 있었다.

그러다가 만일에 하나라도 무림에 이상한 조짐이 보이기

라도 하면 백만 황군을 이끌고 쓸어버리면 그만 아니겠는
가.

평화.

아니, 황실의 안녕.

그것이 황제가 바라는 바였던 것이다.

하나 이것도 어디까지나 중원 무림인들이 지닌 힘이 황
제가 지닌 힘보다 약하다는 전제하에 가능한 사고였다.

해서 이를 감시하는 자들을 두었으니, 그들이 바로 특무
기관인 동창(東廠)이었다.

사실 동창은 환관(宦官)을 제독으로 하여 처음에는 관료
의 부정이나 역모를 정탐하는 일을 주요 임무로 삼았으나,
갈수록 민간의 사소한 범죄까지 확대하여 취급하고 구금과
처형 등의 막강한 권한을 지니게 되었다.

그래서인지 그들은 피가 없는 사람들처럼 차갑고 또한
잔인했다.

더불어 그들은 언제나 매처럼 매서운 눈으로 전 중원에
대한 감시를 늦추지 않고 있었다.

당연히 그 감시의 대상엔 무림 세력 역시 포함되어 있었
다.

"홀홀홀. 그러니까, 검둥이들이 향주를 먹어 치웠단 말
이렷다?"

건버섯이 여기저기 피어 있는 늙은이가 물어 오자, 조 내

시는 고개를 조아리며 재빨리 대답했다.

"예이, 틀림없사옵니다."

"허허. 이번엔 흰둥이들이 제법 독하게 마음먹고 일을 벌인 줄 알았는데, 그게 아니었던가?"

잠시 머뭇거리던 조 내시는 자리에서 벌떡 일어나 쪼르르 달려갔다.

그러곤 늙은이의 귓가에 대고 속닥였다.

잠시 후, 늙고 지친 얼굴 위에 생기가 감돌기 시작했다.

주름 가득한 눈가가 벌어지며, 맑은 눈빛이 새어나왔다.

"호오! 그런 일이 있었다? 홀홀홀홀! 그것참 재미난 애기구나!"

노인이 노구를 흔들며 웃어 젖혔다.

어찌나 격하게 웃는지, 어깨는 물론 온몸이 흔들렸다.

그 모습이 금방이라도 기침을 쏟아 내며 고꾸라져 죽을 것처럼 위태로웠다.

하나 조 내시는 그저 두렵기만 했다.

당연했다.

자금성에 몸담고 있는 내시 중에 누가 있어서 저 노인을 두려워하지 않을 것인가.

동창제독 마군(魔君) 하 공공.

황제가 어릴 때부터 보필해 오며 신의를 쌓아 올려 끝내 동창의 수반 자리를 꿰찬 야심가.

어느 동네 어귀에서나 볼 법한 노인처럼 허허거리며 웃고 있지만, 실상은 무서운 심기를 지닌 실력자가 그인 것을.

조 내시가 고개를 조아리며 어찌할 줄 모르고 있을 때, 한참 웃어 젖히던 하 공공이 뚝 하고 웃음을 멈췄다.

그러곤 말했다.

"그럼 이대로 있을 수 없지. 늙은이를 기쁘게 해 준다는데, 훈수라도 둘 일이 있겠지."

빙그레.

세상을 다 산 것 같은, 조금의 악의도 엿보이지 않는 밝은 웃음이었다.

반면 조 내시의 얼굴에는 더욱 짙은 그늘이 드리워졌다.

＊　　　＊　　　＊

"깔깔깔깔!"

금의위(錦衣衛) 부도독(副都督)인 진수화(珍羞華)는 배꼽을 잡고 웃고 있었다.

이를 수하들은 고운 눈으로 보지 않았다.

그들의 눈기에는 '저런 미친년!' 하는 눈빛이 여려치 떠올라 있었던 것이다.

뚝.

갑자기 웃음을 그친 진수화가 홱 하고 고개를 돌리더니 다짜고짜 수하 하나를 발로 걷어찼다.

퍽!

"끅! 왜⋯⋯?"

"흥! 내가 모를 줄 알고?"

"무슨 말씀이신지?"

"너 방금 '저런 미친년!' 하고 생각했지?"

"⋯⋯아, 아닙니⋯⋯."

철썩!

고개가 돌아가며 핏물이 튀는 순간, 다른 수하들은 사색이 되어 머리를 숙였다.

그 모습을 싸늘한 눈으로 훑어 가던 진수화가 또다시 깔깔 웃었다.

그러다가 또다시 뚝 하고 웃음을 그치더니 말했다.

"항주에서 그런 재밌는 일이 있었단 말이지?"

대답은 들려오지 않았다.

진정으로 궁금해서 물은 게 아님을 잘 알고 있었기 때문이다.

아니나 다를까.

진수화는 대답을 기다리지 않고 몸을 일으켰다.

"호호호. 그럼 이러고 있을 때가 아니지, 지금쯤 동창의 망할 늙은이도 움직이고 있을 텐데 젊은 내가 이러고 있으면 안 되지."

사박사박.

엉덩이를 흔들며 걸어가는 진수화를 보다 못한 수하 하나가 물었다.

"항주로 가실 겁니까?"

스윽.

천천히 고개를 돌린 진수화가 방긋 웃더니 말했다.

"그런 머리론 백 년이 지나도 출세 못한다, 너?"

"예?"

"쯧쯧, 항주는 뭐하러 가게? 이미 볼 장 다 본 델 가서 뭐하려고?"

"하시면?"

"흑사련."

"……!"

수하들이 놀라거나 말거나, 그녀는 살랑살랑 엉덩이를 흔들며 나아갔다.

그러면서 덧붙였다.

"호호호. 너무 기대되네. 대체 누구람? 만나기만 하면……. 확 깨물어 버려야지!"

두 볼을 붉히며 걸어가던 그녀가 또다시 우뚝 멈췄다.

그러곤 다시 말했다.

"도둑께는 아직 보고하지 마."

"하지만……."

홱!

무서운 기세로 시선을 돌린 그녀가 수하들을 쓸어 보았다.

"초치면 죽을 줄 알아!"

스산한 눈빛이 화살처럼 날아들자, 누구라도 고개를 끄덕이지 않을 수 없었다.

그 모습에 만족했는지, 진수화가 얼굴 가득 미소를 머금고 돌아섰다.

여전히 양 볼에 홍조를 띤 채로.

*　　　*　　　*

정도맹 깊숙한 모처에선 연일 회의가 이어지고 있었다.

"아니, 대체 어디서 그런 고수들이 몰려왔단 말이오!"

"설마하니 놈들이 그런 강수를 두리라고는……."

장로들이 수군거리고 있을 때였다.

정도맹의 군사 설매향(雪梅香)이 끼어들었다.

다소 여성스러운 이름을 가진 모사, 설매향.

이제 막 서른을 넘긴 그가 나서자 초로에 가까운 장로들이 일제히 입을 다무는 모습은 이상하기까지 했다.

하나 이는 어찌 보면 당연한 일이었다.

원래 설매향은 약관 스무 살의 나이에 대과에 급제했던 인물이다.

이것만으로도 대단하거늘, 그는 급제하자마자 병을 핑계로 낙향했다.

그러면서 했던 말은 아직도 천하 유생들의 가슴을 흔들고 있었다.

"하늘이 흐리거늘, 어찌 길을 나설까. 남아로 태어나 뜻을 펼쳐 보일 수 없다면 차라리 가슴에 묻고 태공처럼 지내리라."

자신을 알아 주는 이가 나타날 때까지 낚싯대를 드리운 채 세월을 보냈다는 강태공의 일화를 빗대어 자신의 뜻을 밝혔던 그였다.

그런 그를 정도맹주가 몇 차례나 찾아가 군사로 들인 것이 삼 년 전의 일이었다.

장로들이 겨우 서른 살밖에 안 된 설매향에게 진심으로 고개를 숙이고 귀를 기울이는 덴 이처럼 그의 지나온 과거가 화려한 탓도 있었지만, 진짜 이유는 정작 다른 데 있었다.

귀신같은 책략과 빈틈없이 정확한 계산.

이른바 귀계와 신산으로 설매향이 세운 계획대로 일을 추진하면 단 하나의 오차도 없이 일이 들어맞았던 것이다.

마치 하나하나의 톱니바퀴가 완벽히 맞물려 돌아가는 듯했다.

그렇게 추진해 성사시킨 일만 부지기수였다.

이를 삼 년간 지켜보았으니 누구라도 마음 깊이 인정하지 않을 도리가 없다.

사실 이번 항주의 일도 설매향이 작정하고 세운 계획이었다.

그리고 이번에도 그의 예상에서 한 치의 벗어남도 없었다.

그동안 몇 차례나 실패했던 항주지단을 완벽히 탈환했던 것이다.

그런데 결과는……

다소 어두운 얼굴로 설매향이 말했다.

"실상은 조금 다른 것 같습니다."

장로들이 의아한 눈빛이 되어 되물었다.

"그게 무슨 말이외까?"

"군사의 말씀대로라면, 놈들이 고수가 아니란 말이오이까?"

설매향은 곧바로 대답하지 않았다.

대신 장내에 있는 장로들을 한차례 둘러본 뒤 다시 말했다.

"고수는 고수겠지요. 하나, 검강을 뽑아낼 만큼은 아니라고 봅니다."

"증거가 있소이까?"

장로 하나가 되묻자, 설매향이 비릿한 미소를 머금은 채 대답했다.

"증거를 댈 것도 없습니다. 흑사련 항주지단의 단주 독고비가 거기 있었으니까요."

"응? 그자의 무위는 기껏해야 일류가 아니었던가?"

"하면, 그곳에 있던 자들 중 상당수가 그와 같단 말이오?"

"맞습니다. 보고에 따르면 그들 중 대부분이 일류를 갓 벗어난 수준이었다고 합니다."

"허! 그런 말도 안 되는……."

"그런 자들이 어떻게 검강을 뽑아내고, 우리 아이들을 핍박할 수 있었단 말인가?"

항주 하나 뺏자고, 오백 명이나 투입했건만 결과적으론 모조리 쫓겨나 도주해 왔다.

답답한 심정보다는 의아함이 컸던 그들로서는 묻지 않을 수 없었던 것이다.

그런 그들에게 설매향이 명쾌한 답을 내려 주었다.

"아무래도 신병이기가 사용된 듯합니다."

순간 장내를 지배한 것은 침묵이었다.

더없이 무거운 침묵이 흐르고, 누군가 신음을 흘리는 순간 그 침묵이 깨어졌다.

"말도 안 되는 소리! 신병이기가 뉘 집 강아지 이름인가!"

"맞소! 어디서 갑자기 그런 신병이기가 등장했단 말이오!"

흑사련의 무사들이 검강을 뿜어내는 걸 목격한 자들이 한두 사람이 아니다.

그것도 한두 자루도 아니고, 수십 자루의 칼에서 검강이 솟구쳤다는 보고는 그들도 이미 들어 알고 있었다.

한데, 그것이 다 신병이기 덕분이라고?

어이가 없어진 장로들이 다들 한마디씩 하는 바람에 장내는 금세 소란스러워졌다.

"대체 그 망할 놈들이 언제 그처럼 대단한 물건들을 만들어 내었단 말이오!"

장로 중 하나가 외치고, 다른 장로 한 명이 곧바로 받아쳤다.

"그게 어디 하루아침에 만들어 낼 수 있는 물건이겠소?"

"허허! 그러니 하는 말 아니오! 아니, 이게 말이나 되오?

신병이기가 무슨 부엌칼도 아니고, 수십 자루라니! 대체 무
슨 수로 그런 것들을 그처럼 많이 만들었단 말인지!"

"그러게 말이오! 생존자들의 말에 따르면 하나같이 강기
를 뽑아 올렸다고 하질 않았소."

여기저기서 수군거리며 순식간에 장내는 혼란스러워졌
다.

이를 손 한 번 드는 것만으로 잠재운 것은 역시나 설매향
이었다.

"아무래도 제가 모르는 변수가 있는 게 아닌가 싶습니
다."

"그건 또 무슨 말이외까?"

장로 하나가 나서서 묻자, 설매향이 대답했다.

"갑작스레 나타난 신병이기들도 그렇고…… 어찌 되었든
인사가 만사라 했습니다."

"흠. 그 말씀은 흑사련의 누군가가 신병이기를 만들어
내기라도 했다는 것이오."

대답은 없었다.

아니, 그 자체가 대답이었다.

설매향이 아무런 말도 하지 않는다는 것 자체가 무언의
긍정이었던 것이다.

순간 장내엔 정적이 흘렀다.

만일 사실이라며 보통 일이 아니다.

모두가 침음을 흘리며 인상을 쓰고 있을 때였다.

설매향이 나섰다.

"제아무리 대단한 물건도 결국 사람의 손끝에서 나오는 법."

한 호흡 쉬곤 그가 다시 말했다.

"흑사련의 배후에 신병이기를 만들어 내고 있는 자가 있다는 첩보입니다."

"아!"

"마, 말도 안 되는!"

"허허! 큰일이로세!"

여기저기서 탄식 어린 외침이 터져 나왔다.

이를 가만히 듣고 있던 설매향이 천천히 말했다.

"아무래도 어렵게 되었습니다. 저들에게 얼마나 더 많은 신병이기가 있는지 알지 못한다면, 아무래도 앞으로 우리가 흑사련을 상대하는 일이 쉽지만은 않을 것 같습니다."

"아니, 그럼 놈들에게 더 많은 신병이기가 있을지도 모른다는 얘기요?"

"허허! 대체 그자가 누구기에 그런단 말인가!"

장로들의 물음에 설매향이 고개를 끄덕였다.

"맞습니다. '그'가 누구인지 알지 못한다면, 앞으로 더욱 어려운 상황이 벌어질지도 모른다는 얘기였습니다."

침묵.

그의 말대로라면 심각하지 않은가.

당장에 눈앞에 닥친 일들만 생각하느라 신병이기를 만들어 냈을 사람에게까지 생각이 미치지 못했던 그들.

그런 그들을 몇 마디 말로 일깨운 설매향이 다시 말했다.

"가장 우선해야 할 일은 다름 아닌, '그' 가 누구인지부터 알아내는 것입니다."

설매향의 눈가가 가늘어지고 있었다.

＊　　　　＊　　　　＊

택중은 결국 지쳤는지 더 이상 아무런 말도 하지 않았다.

이젠 정말이지 신음도 흘러나오지 않았다.

그저 망연자실한 눈을 한 채 주저앉아 고개만 숙이고 있을 뿐이었다.

'황금…… . 바로 눈앞에 있었는데…… .'

차라리 애초부터 없었다면 모를까.

손안에 쥐었던 게 사라지고 나니, 그 허망함은 대단했다.

이제껏 태어나 이처럼 좌절하긴 또 처음.

그만큼 택중이 꾼 꿈은 화려했던 것이다.

다른 무엇보다도 여동생과 함께 살 수 있으리란 희망은 무참히 깨어지고 말았다.

일장춘몽이었던가.

마치 깨어나니 꿈이었다는 얘기였다는…… 그런 식의 전
개. 정말이지 마음에 들지 않는 택중이었다.

"제…… 기…… 랄!"

인상을 구기며 고개를 번쩍 치켜든 그가 두 손으로 머리
를 감싸 쥐었다.

'대체 어디서부터 잘못된 거지?'

어째서 땅에 묻은 황금들이 사라진 거란 말인가!

'땅에 묻은?'

번뜩.

택중의 눈동자에 이상한 광채가 스쳐 갔다.

지금까지는 너무 흥분해서 미처 생각지 못했는데, 가만
생각하니 알 것도 같았다.

'그러니까, 땅속에 있는 건 오갈 수 없다?'

한마디로 땅 위에 있는, 그러면서 이 집의 담벼락 안에
있는 건 모조리 중원과 현대를 오갈 수 있다는 말?

간단한 이치다.

그제야 택중은 안정을 취할 수 있었다.

'그렇다면 황금이 완전히 사라진 건 아니란 얘기네?'

아직까진 추측에 불과하지만, 땅속에 묻어 두었던 황금
은 저쪽 세상에 여전히 남아 있으리라.

또한, 그 사실을 아는 것도 자신밖에 없으니 아직은 안전
할 것이다.

적어도 누군가 눈치채고 땅을 파서 꺼내 가기 전까지는.

"젠장! 이럴 줄 알았으면 땅에 묻지 않는 건데."

차라리 껴안고 자더라도 곁에 둘 것을 그랬다는 후회가 뒤늦게 밀려왔다.

하지만 이미 지나간 일이고 떠나간 배다.

짜악!

양손으로 자신의 볼을 힘차게 때린 택중이 다시 고민 속에 빠져들었다.

'그건 그렇고, 그 라디오는 또 어떻게 된 거지?'

백만이라는 숫자부터 줄어들기 시작하던 게 눈에 선한데…….

그럼 그게 자신이 현실 세계로 돌아가는 걸 나타내는 카운트가 아니었단 말인가?

생각만으로는 아무것도 할 수가 없다.

우선 확인해 볼 일이다.

택중은 자리에서 벌떡 일어나 자신이 애써 파놓은 구덩이에서 빠져나왔다.

"끅!"

그 바람에 갑자기 통증이 밀려들었지만, 그는 개의치 않았다.

지금은 그런 걸 신경 쓸 계재가 아니란 생각이었다.

대신 개빨리 달려가 안방에 놓아 둔 자신의 짐 속에서 라디오를 꺼냈다.

"……!"

숫자는 멈추어 있었다.

999,842.

멍한 상태로 라디오의 디스플레이 창을 바라보던 택중은 짜증 섞인 신음을 흘리고 말았다.

"끄어어! 대체 이게 뭐냐고!"

갑자기 가슴이 두근거리는 그였다.

불길했다.

그것도 아주 많이 불길했다.

마치 한 시간 후면 전복 사고가 날 기차 위에 오르는 기분이랄까.

근데 문제는 원인을 모른다는 거.

까닭을 알지 못하니 가슴이 답답해져 온다.

택중은 세수하듯 두 손바닥으로 얼굴을 몇 차례 문대며 한숨을 내쉬었다.

"관두자! 생각한다고 뭐가 달라지간?"

고개를 내저으며 안방을 나온 그는 힘없이 삽을 들었다.

그로부터 세 시간 뒤.

마당을 원래대로 되돌려 놓은 그는 갑자기 허기가 지는

걸 느꼈다.

"일단 먹자!"

그래야 기운을 내서 뭘 어떻게라도 하지 싶었다.

그렇게 대충 라면 하나를 삶아 먹은 택중은 나갈 채비를
했다.

언제 또 중원으로 갈지도 모르는데, 이러고만 있을 수는
없다고 여긴 것이다.

어찌 되었든 일을 해야 산다.

일단은 목구멍에 풀칠을 하고 있으면, 언젠가는 다시금
중원으로 갈 수 있겠지.

그때까진 무슨 일이 있어도 이 집이 남의 손에 넘어가지
않게끔 해야 할 테다.

그러기 위해선 한 푼이라도 벌어야 한다.

자칫 돈이 떨어져 집을 팔아야 할 처지에 처하면 큰일 아
닌가.

뿐만 아니라, 조만간 여동생을 데려올 생각인 그로서는
놀고만 있을 수 없었다.

여동생이 함께 살게 된다면 지금까지와는 많이 다를 것
이기 때문이다.

이제까진 대충 밥을 해 먹고 아무 데나 누워서 자면 되었
지만, 여동생이 오게 되면 많이 달라지리라.

자신은 허름한 옷에 푸성귀 가득한 밥상을 받아도, 그 아

이에게만은 좋은 옷에 고기반찬을 먹이고 싶은 그였던 것이다.

그러니 당연히 많은 돈이 필요할 테다.

'일하자!'

상황이야 어찌 되었든 일을 하는 거다.

생각을 굳힌 택중이 트럭 위에 몸을 실었다.

그날 오후, 양주 일대를 돌며 갖가지 물건을 팔던 그는 해가 지기도 전에 되돌아왔다.

"휴! 참 재미없네."

신명이 나지 않았던 것이다.

그럴 수밖에 없었다.

불과 며칠 전만 해도 칼 한 자루를 엄청난 가격에 팔아치우던 그였기 때문이다.

그런데 지금은 만 원, 이만 원…… 기껏해야 삼만 원…….

영 재미가 없다.

이것도 중독이라면 중독일까.

노름꾼이 대박의 짜릿함을 잊지 못해 화투장을 쪼는 그런 심정과 같았다.

땅거미가 지기 시작할 무렵 방 안에 몸을 뉘인 채 잠을 청하던 택중. 그는 눈을 감은 채 중원에 두고 온 황금을 생각했다.

'완전 로또였는데……. 쳇! 개꿈을 꾼 건가?'

아니지.

조만간 돌아갈지도 모를 일 아닌가.

그럼 그때는 황금들을 몸에 묶어 놓더라도 지니고 있다가 가져오면 될 일 아니던가.

아니, 이왕이면 왕창 팔아서 몇 배로 불려서 가지고 오면 되지!

여기까지 생각하자, 택중의 눈빛이 달라졌다.

'부엌칼도 좀 더 준비하고…… 부탄가스도……. 근데 그 영감님이 터보 라이터랑 스탠건에도 관심이 있는 것 같던데…….'

그러고 보니 이상한 일이다.

다른 물건엔 일절 관심을 보이지 않더란 말이지.

'가만, 그 영감님이 달라던 것들이 하나같이…….'

머리를 굴리는지 눈알을 이리저리 움직이던 택중이 상체를 벌떡 일으켰다.

"설마 무기?"

그로서는 팔뚝 길이보다 작은 부엌칼이 무기로 적당한지는 알 수 없었지만, 섬뜩한 기분이 들어 몸을 떨고 마는 택중이었다.

부탄가스가 폭발할 때 좋아라 하던 갈천성의 표정이 기억났던 것이다.

"그럼 그 사람들…… 군인?"

택중은 곧바로 고개를 내저었다.

"아냐, 아냐. 그런 거 치고는……."

처음 은설란을 만났을 때를 기억해 낸 그는 잠시 생각에 잠겼다.

'무림이라고 했던가? 그래……. 고수…… 라고 했어.'

무협 영화 몇 편 본 게 다인 그로서는 이 정도만을 생각해 내는 것도 쉬운 일이 아니었다.

어찌 되었든 얼마 지나지 않아 그는 깨달았다.

'그 사람들은 무림인들이었구나.'

그것도 고수들인 거다.

순간 갈등이 밀려왔다.

"젠장! 그럼 내가 무림 고수들한테 무기를 팔아 치운 거야?"

말이 고수지, 실상 피부로 느껴지는 건 깡패나 다름없다.

그 생각은 자연스럽게 깍두기 머리를 한 덩치들로 옮겨졌다.

그러고 보니, 갈천성과 은설란을 제외하고는 하나같이 그와 같이 생겼었지 않은가.

생각은 갈수록 확대되어 어느새 그의 머릿속에 사시미를 들고 설쳐 대는 야쿠자들이 떠올랐다.

또 중국 영화에서 보았던 장면들이 떠올랐다.

아무리 극장은커녕 TV도 잘 보지 않는 그였지만, 그래도 알 건 안다.

황비홍이라든가, 동방불패라든가.

그제야 그는 대충 짐작할 수 있었다.

'아주 뻥은 아니었나 보네.'

사람이 하늘을 날고 손에서 장풍을 쏘고…….

모두 거짓부렁인 줄만 알았더니.

어쨌든 그가 넘긴 칼들과 부탄가스를 바라볼 때 갈천성의 눈빛이 이상할 만큼 번뜩였던 것만은 확실하다.

'적어도 요리할 때 사용하려는 건 아닌 게 확실해.'

그럼 뭐가 있겠나.

칼의 용도란 게 빤한데…….

뭔가 싸움을 할 때 쓴다는 건데.

게다가 거기선 이상하게도 칼에서 이따만 한 레이저빔이 나왔더랬는데.

어쩐지 더럽게 비싸게 불렀는데도 사더라니만.

'그럼, 내가 잘못한 건가?'

택중이 심란한 얼굴을 해 보였다.

하지만 잠시뿐이었다.

설레설레 머리를 흔든 그는 다시 생각을 고쳐먹었다.

"전쟁 상인들도 있는데 뭘. 무기 파는 놈이 나쁜가? 그걸 쓰는 놈들이 나쁜 거지! 사시미도 원래는 회 뜨는 칼일 뿐이잖아. 에잇! 물건이야 팔면 그만이지, 그걸 어떻게 사용하든 지들 마음이지. 무슨 상관이람."

그러나 택중의 마음은 무겁기만 했다.

결국 그는 베개에 머리를 묻고 말았다.

"아우! 몰라! 몰라!"

온종일 땅을 파고, 또 메우고, 그걸로도 부족해서 일까지 다녀온 그였기에 금세 잠이 들었다.

*　　　*　　　*

잿빛 벽들이 꽤 길게 이어지고 있었다.

계단들은 마치 미로처럼 길을 연결했고, 그 길을 따라 걷던 택중은 몇 번이나 걸음을 돌렸는지 셀 수 없을 정도였다.

그러나 그때마다 그는 입술을 깨물며 돌아섰다.

'그래, 눈 딱 감고 하는 거다.'

선글라스까지 낀 채 사방을 두리번거리며 그는 다시 한 번 결심했다.

'이게 어떻게 온 기회인데……. 까짓 모른 척하고 팔아 치우면 그냥 노나는 거잖아. 그리고 생각해보면 내 생각이 틀릴 수도 있잖아. 진짜로는 내가 오해하고 있는 걸 수도 있단 말이지. 그러니까, 그러니까……. 에잇!'

획!

돌아선 그가 어깨를 늘어뜨렸다.

'그래, 집에 가자.'

다른 건 둘째 치고 간 떨려서 못 해 먹겠다.

물론 그 이전에 자신이 하려는 짓이 사람이 할 짓이 아니란 생각도 들고…….

터벅터벅.

왔던 길을 되돌아가는 그는 세운 상가의 허름한 간판들을 쳐다보았다.

그러던 중 어느 가게 유리창에 붙여 놓은 광고를 보곤 피식 웃고 말았다.

화끈한 밤을 보장합니다!

대체 무얼 어떻게 보장하는진 몰라도 문구 자체가 도발적이라 웃은 택중이었다.

궁금하니 다음 글귀에도 절로 눈길이 갔다.

쎄다그라!

짐승의 힘으로 밤을 지배하세요!

약효보장! 인생보장!

아니면 전액 환불!

"킥!"

택중은 한 손으로 입을 가린 채 웃고 말았다.

그러다 갑자기 스치는 생각.

'아니면 환불이라……'

그렇다!

깡패니, 무기니 하는 건 몽땅 자기 혼자서 생각한 것뿐이지 않은가.

그러니 물어보고 아니면 팔지 않으면 되는 거다.

'하지만 그 영감님이 과연 솔직하게 얘기할까?'

그녀라면 몰라도.

은설란의 얼굴을 떠올린 택중이 이내 눈가를 기묘하게 만들었다.

'생긴 건 참 고운데……. 쯧! 그럼 뭐해, 살림 거덜 낼 여잔데!'

은설란이 무섭게 라면을 흡입하던 걸 기억해 낸 택중이 고개를 내저었다.

그러다가 결심했는지 그 자리에 우뚝 섰다.

부엌칼이며 부탄가스며 그들이 원할 만한 걸 대충 모아 가자.

겨울을 앞둔 다람쥐가 죽어라 도토리를 끌어모으듯, 한껏 모아서 가져가 팔자.

'다람쥐처럼 부지런히 모아 가는 거다!'

대신 아니란 판단이 서면……

그땐 팔지 않으면 그만.

그리고 이왕지사 여기까지 왔으니, 하나 정도는 구해가 보자.

그걸 보곤 그들이 좋아한다면,

'백 마디 말보다 확실하겠지.'

눈빛이 변하는 택중.

그의 뇌리에 가난하고 추웠던 어린 시절이 주마등처럼 스쳐 갔다.

"일단 부딪혀 보자고. 생각은 그 후에!"

홰액!

다시금 돌아선 그가 세운 상가 안쪽으로 천천히 걸음을 옮기기 시작했다.

그러면서 여기저기를 서성이며 주변을 살폈다.

"……!"

무얼 보았는지 그의 눈매가 변했다.

이것저것 진열해 놓고 팔고 있는 잡화점이 보였던 것이다.

아니, 정확히 말하자면 잡화 노점이라고 해야 옳으리라.

리어카를 개조한 노점상이었다.

자신과 동종 업계라 할 수 있는 노점상을 향해 천천히 다가가면서도 택중은 연방 주위를 두리번거렸다.

선글라스를 끼고 사방을 둘러보는 그의 모습이 여간 수
상한 것이 아니었다.

꼭 간첩 같은 그런 모습이었다.

그러나 정작 그 자신은 모르는 모양.

'흐흐흐. 나도 꽤 하는걸.'

만족스러운지 입가에 미소까지 머금은 채 노점상으로 다
가간 택중.

꾸벅거리며 졸고 있는 노점상 주인이 보였다.

대머리를 감추려고 모자를 쓰고 있었던 모양이지만, 잠
결에 벗겨졌는지 모자는 바닥을 구르고 훌렁 까진 대머리는
햇볕에 반들거리고 있었다.

"큼!"

택중이 헛기침을 했다.

그런데도 중년의 사내는 깨어나지 않는다.

"크음! 큼!"

두 차례 크게 기침을 하자, 그제야 노점상 주인이 부스스
눈을 떴다.

그러곤 인상을 구기며 사방을 보다가 택중을 발견하고
자세를 고쳐 앉았다.

이어 바닥에 떨어진 모자를 주워 재빨리 머리에 쓰고는
택중을 바라보았다.

그의 눈빛이 '무슨 일이오?' 하고 묻는 듯했다.

그러자 택중이 살그머니 다가가 그의 귓가로 입술을 가져갔다.

그 외중에도 누가 들을까 무서워 한 손으로 입가를 가렸다.

그리고 물었다.

〈『신병이기』 제2권에서 계속〉

신병이기

1판 1쇄 찍음 2014년 4월 16일
1판 1쇄 펴냄 2014년 4월 21일

지은이 | 예가음
펴낸이 | 정 필
펴낸곳 | 도서출판 **뿔미디어**

편집장 | 이재권
기획 · 편집 | 윤영상

출판등록 | 2002년 9월 11일 (제081-1-132호)
주소 | 경기도 부천시 원미구 상동로 117번길 49(상동) 503호 (우)420-861
전화 | 032)651-6513 / 팩스 032)651-6094
E-mail | bbulmedia@hanmail.net
홈페이지 | http://bbulmedia.com

값 8,000원

ISBN 979-11-315-0008-8 04810
ISBN 979-11-315-0007-1 04810 (세트)

도서출판 뿔미디어 홈페이지 OPEN!!

안녕하세요.
지금껏 저희 뿔미디어를 응원해 주신
독자님들의 성원에 힘입어
이번에 새롭게 홈페이지를 오픈하였습니다.

저희 뿔미디어는 홈페이지에서 독자님들께서
보다 빠른 출간 소식과 미리보기 등
알찬 내용을 제공하기 위해 많은 노력을 기울였습니다.
또한 독자님들에게 도서 할인, 이벤트 등
다양한 혜택을 제공하고자 합니다.

저희 뿔미디어 홈페이지 오픈을 계기로
한층 더 독자님들과 가까워질 수 있는 기회가 되었으면 합니다.

보다 많은 관심과 사랑 부탁드리며,
앞으로도 더 좋은 컨텐츠 제공에 힘쓰도록 하겠습니다.

감사합니다.

-도서출판 뿔미디어 올림-

www.bbulmedia.com

www.bbulmedia.com